きみは溶けて、ここにいて

青山永子

STARTS
スターツ出版株式会社

大切な人を傷つけた、
取り返しのつかない過去がある。
大切な人に傷つけられた、
取り替えのきかない過去がある。

それでも、生きていくために、
〝私たち〟は、大丈夫になろうとした。

一緒に、大丈夫になりたかった。

目次

きみは溶けて、ここにいて

1　彼の頼みごと

教室には見えない円がたくさんあって、波紋《はもん》のように互いに影響を及ぼしている。私、保志文子《ほしふみこ》はそう思う。特に、一番大きな円、いわば、クラスで一番の影響力をもつグループを、みんなどんな時も、こっそりと気にしている。

その中心で、森田陽《もりたよう》はいつも笑っていた。

春うららな四月の終わり。高校二年生になり、クラスが変わった。

一年生の時に同じクラスだった人ももちろんいるけれど、見慣れない顔ぶれにまだ少し緊張してしまう。それでも、一か月ほどが経《た》てば、教室では異なる半径をもつ円が徐々に作られて、みんな、自分にふさわしい居場所のようなものを理解してゆく。

「陽、今日の放課後、暇？　隣のクラスのやつらとバスケするんだけど、陽も来てよ」

「お、いいな。でも、ごめん、ちょっと予定あるわ」

「なに、彼女とデートですか？」

「違う、違う。ていうか、俺、彼女いないし、いらないからな」

「あ、そうだった。恋愛しないって前に言ってたな。モテるのに、まじでもったいねーよ」

「ははっ、別に、もったいなくはないだろ。ま、バスケはまた誘って」

きらきらした笑い声。声が見えるのならば、たぶん、森田君の声は光って見える。

すでに、森田君はクラスの人気者で、彼の周りにはいつもたくさんの人がいた。話したことはなかったし、これからも、話す機会なんてないと思っていた。今まで、彼と話したいと思ったことすらなかった。

それなのに、どうしてだろう。

机の下で、長方形のメモをこっそりと確認して、小さく溜息をつく。ちらりと森田君の方へ視線を向けると、彼は、同じグループの誰かの発言に、また破顔《はがん》した。

いつもなら、みんなを惹《ひ》きつけられる彼のことを、ほんの少し羨《うらや》ましいと思うだけなのに、今日は、注意深く彼の声に耳を澄ませて、視線を向けてしまう。

朝、下駄箱《げたばこ》に入っていた一枚のメモのせいだ。

もう一度、目を伏せて、メモに書かれた文字を追う。

『保志《ほし》さんへ　放課後、話したいことがあります。中庭の花壇《かだん》のところで待っていてくれませんか？　森田陽』

――確かに、そこにはそう書いてあるのだ。

悪質な罰《ばつ》ゲームかなにかだろうか。

はあ、と、また溜息をついたら、「文子ちゃん？」と名前を呼ばれ、我に返る。

「さっきから、ぼーっとしてるけど、どうかした？　昼休み終わっちゃうけど」

一年生の時から同じクラスの久美《くみ》ちゃんだ。私なんかに話しかけてくれて、仲良くしてくれている優しい人。きゅるんとしたツインテールを揺らして、首を傾げた久美ちゃんに対して、大げさに首を横に振った。

「なんでもない。久美ちゃんは、気にしなくていいよ」

「そう？」

訝《いぶか》し気な表情を浮かべた久美ちゃんに頷《うなず》いて、お弁当の卵焼きを口に運ぶ。

だけど、その後、すぐに不安に襲われた。

たった今、私のした発言。〝久美ちゃんは、気にしなくていいよ〟って、失礼な言い方じゃなかっただろうか。久美ちゃんを嫌な気持ちにさせていないだろうか。

そう思ったら、卵焼きを味わうどころではなくなって、「久美ちゃん」と、咄嗟《とっさ》に名前を呼んでいた。

「どうしたの？」

「……ごめん」

すぐに謝る癖《くせ》がついたのはいつからか。

「え、何が？」

久美ちゃんは、きょとんとしている。何も気にしていないみたいだ。

ただの杞憂《きゆう》だったことに胸をなで下ろしながら、「なんでもない。ごめんね」と返す。それでようやく、卵焼きの甘じょっぱさが、口の中に戻ってきた。

森田君は、放課後が来るまで、人に囲まれて楽しそうに笑っていた。

彼の人柄がいいからなのだと思う。森田君は、いつもにこにこしていて、明るくて、みんなを楽しませることができる。遠目から見ても分かるくらいに、綺麗な目をしていて、顔の輪郭《りんかく》もシュッとしている。おまけに、彼は、かっこよかった。

森田君の全てが、私とは正反対だと思う。

私は、クラスで唯一の友達である久美ちゃんにも気を遣《つか》ってばかりだし、誰かと心の距離を近づけることがとても苦手だ。

誰も傷つけずに生きていきたい。そんなことばかり考えている。だから、人と深く関わることは、なるべくしたくなかった。


放課後、森田君のメモに書かれた場所に行こうかどうか迷っていたら、自分の机の前に二人の女の子がやってきた。

クラスメイトの、夏目《なつめ》さんと梨木《なしき》さんだ。二人とも、森田君と仲が良くて、派手な見た目をしている。

もしかして、この人たちが悪戯《いたずら》で私の下駄箱にメモを入れたのだろうか、と一瞬だけ疑ってしまったけれど、「日直、」と夏目さんの口が動いたから、違うのだとすぐに分かった。

「変わってくれない？」

どうして、という言葉を呑み込んで、ゆっくりと頷く。「いいよ」と言う声が、少し震えてしまった。

夏目さんと梨木さんは、「わーい。ありがとー」と、私にというよりは私の手軽さに対するお礼だけを口にして、すぐに教室から出ていった。

廊下から、「カラオケ混んでるかも。一応予約しておこうよ」という声が耳に届いて、胸にじんわりと黒色の気持ちが滲《にじ》む。だけど、断らなかったのは私だし、理由を聞いていたとしても、断ることなんて、私にはできなかったと思う。

保志文子は、断らない。

一年生の時に、クラスメイトがそう言っているのを聞いてしまったことがある。ああ、そうか、私ってそういう風に思われているんだ、と自分の客観的な姿を、その時悟った。二年生になってからまだ少ししか経っていないのに、すでに私はクラスでそういう立ち位置にいるみたいだった。

だけど、誰かを傷つけてしまうよりは、ずっとましだ。

保志文子は、断らない。違う。私は、断れない。

黒板を消して、学級日誌を書く。担当者の記入欄に、夏目さんと梨木さんの名前を書く時、虚《むな》しくなったけれど、ぱたん、と日誌を閉じてしまえば、それも消えてくれる。最後に窓が閉まっているかだけ確認して、教室を出た。

森田君のメモ。

中庭の花壇のところで待っていてくれませんか、と書いてあった。罰ゲームだったら、どうしよう。罰ゲームじゃないとしたら、何なのだろう。告白？　いや、そんなはずはない。

直接、森田君と話したことはないし、理由は知らないけれど、彼が恋愛をしないというのは、結構有名な話で、今日だってそういう会話を聞いた。

それに、接点もないはずの私を森田君が好きになるなんて、そもそもありえないことだった。

だけど、理由はなんであれ、私がこのまま家に帰ったとして、森田君が中庭の花壇でずっと待っているなんてことになったら、大変だ。彼を、傷つけてしまうかもしれない。

そう思ったら、足はすくみながらも、中庭に向かっていた。

森田君は、花壇の縁《ふち》に腰をおろし、ぼんやりと空を見ていた。

メモを握りしめて、花壇の方にゆっくりと近づく。距離が縮《ちぢ》まれば縮まるほど、鼓動が慌ただしくなっていく。

戸惑いながらも、彼の傍《そば》に立つと、綺麗な顔が、ゆっくりと私に向いた。仲の良い人たちが話をするような距離で、森田君のことを見たのは初めてで、私は上手に視線を合わせることができなかった。

きりっとした奥二重に、彫刻のような鷲鼻《わしばな》。ここに見えない円はない。ただ、いつもその中心で笑う人がいるだけだ。

「来てくれないかと思った」

森田君は、そう言って、爽《さわ》やかに笑った。

「ごめんなさい。遅れてしまって」

「いや、全然。俺も悪かった。急に、呼び出されて困っただろ」

「……ううん、森田君は悪くないよ」

果たして、ちゃんと会話ができているだろうか。

あまりに緊張して、彼と目を合わせていることに耐え切れなくなって俯《うつむ》くと、「でも、来てくれてよかった。ありがとね」と森田君が言った。

「……私、何か、森田君に悪いことでもしてしまったのかな」

「もしかして、それで呼び出されたと思ってる？」

そういうわけではないけれど。曖昧《あいまい》に斜め下に頷くと、森田君は首を横に振り、

「さすがに、説教するために呼びだしはしないって」と笑う。

森田君は、花壇の縁から腰を上げ、私に一歩近づいた。俯いているわけにはいかなくなり、恐る恐る見上げると、いつも遠目で見るだけの笑顔が目の前にあって、夕方なのに眩《まぶ》しかった。

「保志さんに、ひとつ頼みたいことがあるんだけど」

人気者の彼が私なんかに何を。

森田君は笑っている。だけど、その瞳は真剣で、目を逸《そ》らすに逸らせない。

「突然だし保志さんは信じられないかもしれないけど、信じてほしいことがあって」

「な、に」

森田君の前置きが、夕暮れの風にさらわれていく。その中で、彼は、ゆっくりと唇を震わせた。

――「保志さんに、もう一人の俺と、仲良くなってほしいんだ」

最初、彼が何を言っているのか分からなかった。数秒、ただ、ぱちぱちと瞬きを繰り返すだけで、返事をできずにいた。

信じられないかも？　もう一人の俺？　仲良く？　黄昏時《たそがれどき》に、まやかされてでもいるのだろうか。思わず、頬《ほお》をつねると、ちゃんと痛い。

「悪いけど、夢じゃないから」

森田君が私の前で、困ったように目を細めて笑っている。

「……どういう、ことかな」

「そのままの意味」

「もうひとりの、おれ？」

「そう、もう一人の俺」

「……森田君には、分身がいるの？　えっと、昔、本で読んだことがあるかもしれない。臓器移植のためにつくられたそっくりさん、とか」

あ、だめだ。話しすぎている。だけど、口を噤《つぐ》んでも、もう遅い。

「ごめんなさい。動揺《どうよう》しちゃって……」と謝ったら、森田君は、「普通の反応だよ、そりゃ。俺も保志さんだったら、多分そうなってる」と言った。

「でも、保志さんには、信じてもらえないと困るんだよな」

「……じゃあ、しんじる、よ」

本当は、全然、まだ信じられていないけれど、森田君が私をからかっているようには見えなくて、恐らく彼は本気なのだと思ったから、信じられない、とはもう言えなかった。

森田君は、再び花壇の縁に腰をおろして、自分の横を、とんとん、と叩《たた》く。

「とりあえず、いったん、座って」

そう言われて、周りに人気《ひとけ》がないことを確認してから、私はおずおずと彼の横に、人が一人はいるくらいの間をあけて座った。

「俺の中に、もう一人の俺がいるんだ」

森田君が、話しだす。

「そいつが、寂しそうだから、保志さんが友達になってくれないかなって」

自分の中に、もう一人の自分がいるとはどういう感覚なのだろうか。〝そいつ〟なんて、まるで、別の人のように森田君は表現している。

多重人格？　確か、なんだっけ。解離性同一性障害と言ったような気がする。中学生の頃、興味があって、精神障害について少し調べたことがあった。

だけど、病名を尋ねることで、森田君に嫌な思いをさせてしまったら、最悪だ。私は、質問をすりかえることにした。

「……それは、森田君ではないの？」

「俺だけど、俺じゃない。違うんだよ。俺はそいつのことを〝はる〟って呼んでる」

「はる？」

「そう。俺の名前、太陽の陽、で、はるって読み方もあるから」

「……なる、ほど」

「いきなり、こんな話されても、訳分かんないよな。保志さん、お前は森田陽でしかだけど、全て信じたふりをしなければならない、と漠然《ばくぜん》と思っていた。

こんな時でも、私は傷つけるという行為を排除することに必死だ。自分を守るために、情けない自己防衛をし続けている。

正直なところ、何もかも、訳が分かっていなかった。

「ううん、違うの、ごめんね。ただ、困惑《こんわく》してる、だけで」

ないだろって顔してる」

森田君は、背を屈《かが》めて、土の上に人差し指を立てた。

目線を落とすと、彼は、そこに、陽、という漢字を書いた。その横に、はる、という平仮名の二文字を、人差し指で掘る。

は、る、と恐る恐る口に出したら、「保志さんも、はるって呼んでやってよ」と森田君が言う。

「森田君は、その、……はる、君、と、友達なの？」

「うーん。友達っていうよりは、同じ身体を共有している兄弟、みたいな感じかもな」

「そう、なんだ」

「まあ、細かいことは、気にしないで」

そういう訳にもいかないよ、と思ったけれど、私は頷くしかなかった。

足元の地面には、まだ、「はる」の二文字が残っている。

森田、はる、君。森田君と同じ身体を共有している彼は、今どこにいるのだろうか。不思議な心地だった。内心では、不気味だとも思ってしまっていた。

「具体的には、何をすればいいのかな」

「それは、保志さんとはるで決めてほしい」

「そんな、」

一体どうすればいいのだろうか。どうしたら、その、もう一人の森田君、つまり、はる君に会うことができるのかも分かっていないのに。

頭がこんがらがってくる。

森田君は、平然《へいぜん》とした様子で、また爽やかな笑みを浮かべる。動揺しているのは私だけだ。

「そういうことだから、よろしく、保志さん」

森田君が立ちあがる。

あ、と思った時には、もう背を向けられていた。こういう小さな強引さも、彼が大きな円の真ん中にいる秘訣なのかもしれない。そんなことを思いながら、あの、と、中庭を出て行こうとしていた彼を引き留める。

「……どうして、私なのかな？」

森田君は人気者だ。周りにはたくさんの人がいる。私なんかに頼まなくても、もっとふさわしい人がきっといるはずだ。そりゃ、みんな、森田君の中にもう一人の森田君がいるとなると、驚いてしまうとは思うけれど。

少し離れたところで、振り返るようにこちらへ顔だけを向けた森田君に、「森田君は人気者だから。私なんかに頼まなくてもいいんじゃないかな」と、慎重《しんちょう》に言葉にした。

森田君は、いつものようには笑わずに、首を横に振った。

「だめなんだよ、保志さんじゃないと」

強い声だった。森田君自身も、自分の声に驚いたような顔をして、身体ごと私に向き直った。

「……だって、断らないだろ」

「………………」

「保志さんは、イエスマン、だから」

保志文子は断らない。

それは、そんなに有名なことなのだろうか。まさか、森田君にまでそんなことを言われるとは思わなかった。

そうか。イエスマン、とも呼ばれているのか。また、自分の情けない輪郭に気づかされる。

「……そうだね、うん。分かった」

私じゃないとだめなのは、絶対に断らない相手に依頼したかったから、ということなのだろう。罰ゲームじゃないだけよかった、と思うことにする。

イエスマン。傷つけないなら、それでいい。

だけど、森田君の頼みごとを、どうやって引き受ければいいのかは分からずじまいだった。

気まずい沈黙《ちんもく》が流れた後、森田君は、複雑な表情で苦く笑い、「じゃあね」と、私にまた背を向けた。

もう、引き留めることはできなかった。

遠ざかっていく。地面に書かれた、はる、という二文字と、私だけを残して森田君は中庭からいなくなった。

うす暗い中で、花壇に咲くデイジーがささやかに揺れている。

『もう一人の俺と、仲良くなってほしいんだ』、自分の頭の中で、何度も森田君の声を再生させる。

「……でも、本当に、どうやって？」

生温かい春の風が頬をかすめる。

呟いた声に返事をしてくれる人は誰もおらず、しばらく私は、途方に暮れていた。

薄いカーテンの隙間から、朝焼けが仄《ほの》かに差し込んでいる。

昨日の放課後のことに動揺してしまって、あんまり眠れなかったけれど、一晩経ってみて、昨日のことは嘘なんじゃないかと思う気持ちが生まれていた。

夢じゃないから。耳障りのいい声で森田君はそう言っていたし、抓《つね》った頬も痛かったけれど、それも踏まえて夢なのだと、思い込んでしまいたかった。

リビングに行くと、お母さんが朝食を用意してくれていた。目玉焼きとソーセージの乗った皿、その横には湯気《ゆげ》を立てたお味噌汁が並んでいる。

「文子、おはよう」

「おはよう」

「……夜更《よふ》かししたの？　クマすごいけど」

「あ、ううん。ただ、あんまり眠れなくて」

本当は食欲もないけれど、朝食を食べないとどうにも力が入らない。自分の席について、お味噌汁を啜《すす》ると、鳩尾《みぞおち》のあたりが少し痛くなった。

「……お母さん」

食器を洗うお母さんの後ろ姿に声をかける。

一人の人間の中に二人いるって、お母さんは信じられる？

そう聞こうと思ったけれど、森田君の真剣な顔を思い出して、振り返って首を傾げたお母さんに、「なんでもない」と誤魔化《ごまか》した。

そうしているうちに、お父さんが起きてくる。食器を洗い終えたお母さんも席に座って、三人で食卓を囲む。

朝のこの時間が、私は好きだった。心が落ち着く。一日の中で、唯一気を抜いていられる優しいひと時だ。

だけど、今日は、それどころではなく、昨日のことばかり考えてしまう。

結局、ソーセージを一本残して、席を立った。

鏡の前で寝癖《ねぐせ》を直して、歯磨きをする。自分の顔をぼんやりと見つめていたら、本当にこれは私なのか、少し不安になった。

森田君は、鏡を見た時、どんな感じなのかな。もう一人の自分——確か、はる君と、会話できたりするのかな。

今日も、朝から頭がこんがらがってくる。考えているうちに、あっという間に家を出る時間が来てしまった。

夢なんじゃないか。夢であってくれたら。

学校に近づくにつれ、そう思う気持ちは徐々に膨らんでいったけれど、自分の下駄箱をあけた瞬間、あっさりと、その願いは打ち砕かれた。

上履きの上。昨日、森田君にもらったメモとは違う、上品なクリーム色の封筒が、ぽつんと置かれていた。

誰にも見られないように、慌てて鞄にしまう。

ラブレターをもらったと思われたら、恥ずかしい。私のことを気にする人なんていないと分かっているのに、自意識が過剰になってしまう自分が嫌だった。


トイレの個室でこっそりと、封筒を確認する。ワインレッドのシールが丁寧《ていねい》に貼られたその下に、差出人の名前が書かれていた。

〈はる〉

心臓が、跳ねる。眠気は、もう吹っ飛んでいた。

個室の壁に背をつけて、息をひそめる。封筒が破れないように、シールを外して、中を確認する。そこには、綺麗に二つ折りにされた便箋《びんせん》が入っていた。

見てしまえば、全てを本当の意味で信じなければならないことになるんじゃないかと思って、少し怯《おび》えていた。

だけど、どんな字なのか、はる君とはどんな〝人〟なのか、何が書かれているのか、それらを確認したいという好奇心の方が強くて、恐る恐る、便箋を開く。

保志文子様。

便箋の一番上には、ボールペンでそう書かれていた。

昨日もらったメモとは、全然違う。綺麗な字が並んでいる。誠意《せいい》のある丁寧な筆跡《ひっせき》だと思った。

これは、恐らく、もう一人の森田君が書いたもの。森田君が私に〝はる〟という存在を信じ込ませるために書いたのだ、と疑う気持ちが、消えていく。

緊張で、上手に息ができなくて、春なのに夏のように身体が熱かった。一度深呼吸をして、ゆっくりと、目で文字をなぞる。

＊

保志文子様

こんにちは。

突然の頼みを引き受けてくれて、ありがとうございます。きっと、陽が、無理を言ったのだろうけど、陽は悪くなくて、僕のせいなんです。ごめんなさい。

混乱させていますよね。

保志文子さんが、僕のことを信じたくなかったら、信じなくてもいいです。ただ、僕は、本当に陽ではないから、やっぱり、あなたには少しだけ、僕のことを信じてほしいと思ってしまってもいます。

無理を言っていたら、ごめんなさい。

僕は、陽とは違って、取り柄もないし、面白いことも言えないし、笑うことも苦手で、きっと保志文子さんには、迷惑をかけてしまうけれど、あなたが僕と仲良くなることを了承してくれて、本当に嬉しかったです。

学校での陽が眠たそうだったら、それは僕のせいです。

今は深夜の二時で、時間をかけてこの手紙を書いています。きっと、三時くらいまで眠れない気がします。

余計なことを、だらだらと書いてしまっている気がします。ボールペンだから消せなくて。本当に、僕はだめです。ごめんなさい。

これからのことなのですが、僕は、あまり話すのが得意じゃなくて、保志文子さんをがっかりさせてしまうと思うので、保志文子さんさえよければ、しばらくは手紙でやりとりをしてくれませんか?

この手紙は、陽に、下駄箱に入れてもらうことにします。

もしも、返事をくれるなら、保志文子さんがやりやすい方法で、陽に渡してほしいです。陽の下駄箱に入れてもらっても、かまいません。

よかったら、返事をくれると嬉しいです。

はる

＊

これは、本当に森田陽という人間なんだろうか。

読んでいる途中で何度かそう思って、その度に、森田君が、自分だけど自分じゃないと言っていたことを思い出した。

謝罪の言葉がたくさん登場する、少しネガティブな文章。それでも、本当にこれを書くのに時間をかけたのだということは分かる。

はる君という存在が、手紙一通分の重さだけ、不思議な質量をもったような気がした。

まだ、半分は信じられていない。いや、やっぱり、半分も信じられていない。

だけど、便箋を封筒にしまって、もう一度、差出人の「はる」の筆跡を見た時、本当にこれは現実で、森田君の中に、はる君がいるということを、自然と受け入れなければいけないと思っている自分がいた。

疑ったままでいたら、森田君だけではなく、はる君にも失礼だ。私は、断らなかったのだから、そのことに責任を持たなければならない。

トイレの個室から出て、教室へと向かう。余裕をもって登校したのに、席に着いた時には、ホームルームが始まるぎりぎりの時間になっていた。

森田君は、すでに教室にいた。

またいつもと同じように、みんなに囲まれて笑っている。手紙を読んで感じたネガティブさも、教室にいる森田君からは感じない。それに、森田君は自分のことを「俺」と呼んでいた気がする。

まるっきり違うような性格が、同じ身体に入っているなんて、やっぱり不思議だ。喧嘩《けんか》はしないのかな。きっと、森田君が勝ってしまう気がする。はる君になる時間は決まっているのかな。自分じゃない時の記憶は、どうなるのだろう。

本当の意味で信じることにしたら、たくさん知りたいことが出てきてしまって、困った。手紙の返事で、傷つけないように、じっくり言葉を選んで、聞いてみようと決める。

自分の席で、じっと森田君を見てしまう。別に寝不足には見えないけれど、と思っていたら、不意に目が合って、どきりと心臓が跳ねる。

彼は、落ち着いた様子で、微かに口角をあげた。やっぱり「僕はだめです」なんて、絶対に言いそうにない男の子だ。手紙の中身と、森田君の人柄は、ひとつも結び付かない。

うまく笑い返すことができなくて、彼にだけ分かるように小さく頷いて、目を逸らした。

感じの悪い目の逸らし方をしてしまったかもしれない。反省していたら、久美ちゃんが私の席にやってきた。

久美ちゃんには、森田君のことは、相談できない。黙っていてほしい、と言われたわけではないけれど、森田君とはる君のことは秘密にしていなければならない気がした。

久美ちゃんの手には世界史のワークがあって、少し嫌な予感がする。「文子ちゃん、遅いよー」と言われて、咄嗟に、「ごめんね」と謝った。

謝ることじゃないかもしれないことでも、私は、謝る。

「宿題やるの忘れちゃった。見せてくれない？」

久美ちゃんは、へらりと笑って、そう言った。

嫌な予感が的中する。

世界史は得意ではないし、合っているのか分からない答えを人に見せることが私は嫌だった。それに、時間をかけてやったのに、あっという間に、写されてしまったら、その時間まで台無しになる気がするし、何よりも、答えを見せることは、久美ちゃんのためにはならないと思う。

だけど、それらの気持ちを、どう伝えたらいいのか分からなかったから、へらりと笑いながら頷いて、世界史のワークを久美ちゃんに渡した。

イエスマン。

本当にその通りで、情けない。だけど、傷つきたくないし、傷つけたくない。

私にとって、傷つけることは、傷つくことと同じだった。

誰かを傷つけたら、それは絶対に自分に返ってくる。何倍もの鋭さのナイフになって返ってくる。

昔、返ってきたナイフの先がまだ心に刺さっている。傷つけるとは、そういうことで、それなら、色々なことを誤魔化して、許していた方がマシだ。

もう少しで、ホームルームの開始を告げるチャイムが鳴りそうだった。

久美ちゃんが、急いでワークに答えを写している。その向こうにいる森田君に、また視線を向ける。

その時、彼が、小さな欠伸《あくび》をした。

あ、と思う。

なんだ、森田君は、本当に寝不足みたいだ。

大きな円の中心、人気者の彼の欠伸の理由を知っているのは私だけだと思うと、少しそわそわした。

＊

はる様

はじめまして。お手紙、ありがとうございます。

こちらこそ、たくさん気を遣わせてしまって、ごめんなさい。驚いたけれど、嬉しかったです。

取り柄がない、なんて、そんなことはないと思います。だけど、私も、だめな人間で、そう思ってしまう気持ちも、少しだけ分かります。

お手紙、面白かったです。手紙をもらった朝、森田君が本当に欠伸をしてました。はるさんのこと、信じます。

人と文通をしたことがなくて、何を書けばいいのかも分からないし、字も綺麗じゃないけれど、それでもよかったら、私も、はるさんと手紙のやりとりができたらと思います。

それで、少し質問したいことがあるのですが、いいですか？（答えたくなかったら、無視してくれて大丈夫です）

1．はる君と呼んでもいいですか？

2．はるさんは、いつ、はるさんになるのですか？（時間帯は決まっているか、とか）

本当はもっと聞きたいことがあるのですが、たくさん聞くのも申し訳ないので、二つにしておきます。私も、面白いことは言えなくて、反省しています。

はるさんさえよければ、敬語じゃなくても大丈夫です。それから、私のことは、保志か文子で、大丈夫です。だけど、はるさんの好きなように呼んでくれたらと思います。

それでは。

保志文子

＊

手紙の返事を書いて、森田君の下駄箱に入れる決心をするのに、五日もかかった。

本当は、もらった次の日に出そうと思ったけれど、何か失礼なことを言っていたら、とか、誤字があったら、とか、色々なことが不安になって、何度も見直しをしているうちに時間が経ってしまったのだ。

五回書き直した。それでも、不十分な気がした。

だけど、待たせすぎてしまう方がだめだと思って、はる君からの手紙が下駄箱に入っていた日から五日経った日の放課後、みんなが帰る前に急いで生徒玄関へ向かって、森田君の下駄箱にこっそりと手紙を入れた。

まるで、ラブレターを投函《とうかん》する人みたいだったと思う。緊張の度合いでいったら、たぶん同じくらいだった。

どれだけ見返しても、どこかに棘《とげ》が混じっているのではないかと不安だった。自分にとっては何でもない言葉が、他人にとっては違っていて、ずっと先まで残るなんてことが、たくさんある。それが、とても恐くて、自信がなかった。

だけど、口に出す言葉よりも、手紙で書く言葉の方が、傷つけてしまわないか、とか、言われて嫌な思いをしないか、とか、じっくりと考える猶予《ゆうよ》をもてていいと思った。

森田君の下駄箱に手紙を忍ばせた後、そのまま私は中庭の花壇へ向かった。

園芸部に所属している。

活動は、花壇の管理と、時々、植物園へ行くだけの、なんともゆるい部活だ。

今日は、私が水やりの日だ。週に三日、昼休みと放課後の水やりを任されている。

去年、デイジーをたくさん植えたから、きっと他の人からしたら面白みのない花壇になっているだろうけど、私は、菜の花畑とか、コスモス畑とか、同じ花がたくさん咲いている空間が好きで、今の花壇の状態を気に入っていた。

花壇の隅から順番に、水を降らす。

この場所で、不思議なカミングアウトをされたんだった。

森田君の頼みごとを引き受けてからそんなに日数は経っていないのに、随分と前のことのように感じていた。

ジョウロを片手にぼんやりと考える。

身体を共有しているはる君も、きっと森田君のことをすごいと思っている。ひょっとしたら、羨ましいとさえ思っているかもしれない。

もらった手紙には、そういうニュアンスが含まれていた気がした。

どこにも欠点が見当たらないみんなの人気者。そんな人と、同じ身体を共有するなんて、私だったら、少し苦しい。

はる君のことを、頭に思い浮かべることは難しくて、私はどういう風に、彼のことをイメージすればいいのか分からなかった。

だけど、イエスマンだから森田君に頼まれただけであったとしても、日直の代わりとか、宿題のためにとか、そういう都合のいいだけの存在としてではなく、はる君にとっては、友達のような存在として自分が必要とされていることが嬉しかった。

ジョウロを傾けながら、不意に頬をゆるめてしまう。

その時、こころに刺さったままのナイフが、咎《とが》めるように刃を深めた。

胸の奥がちくりと痛む。

――『文ちゃんの正義って地獄みたいだ』

鼓膜の裏にずっと張り付いている悲痛な声がある。

言われた時と同じ鮮度で、今までに何度も何度も再生されてきた。

中学生の頃、一番大切だった人を傷つけた。それで、返ってきた言葉だ。

思い出せば、身体が強張《こわば》る。

忘れればいいのに、忘れられない。そういうことが、積み重なって、もうどうにもならないのに、後悔ばかりが膨らんでいく。いつまでたっても、破裂してくれない。

後悔は、呪いのようなものだ。もう二度と繰り返したくない。

我に返った時には、花壇の一部分に水たまりができていた。

同じ場所に、水を与えすぎてしまったみたいだ。花に罪はないのに、最悪だ。

ごめんね、と心の中で謝って、自己嫌悪する。

私は、だめだ。本当に、私の方が、だめなんだよ。だめで、嫌になる。

そうやって落ち込んでいたら、一通の手紙を交わしただけで、まだなにもはる君のことなんて知らないのに、ネガティブなところが、私とはる君では、少し似ているかもしれない、と思った。

自分と同じような部分を持つ人が、この世界にいる。
落ち込みながらも、そのことに少しだけ安心した。

2　怪獣の傍らみたい

はる、と呼んでくださると嬉しいです。じゃあ、僕も、文子さんと呼ばせてもらいます。

入れ替わる時間は決まっていないけれど、学校では、この身体は陽のものです。だから、僕であるのは、朝や夜が多いです。だけど、休日は、昼に僕である時もある。できるかぎり答えるから、たくさん質問してくれても大丈夫だよ。でも、上手く説明ができなかったら、ごめんなさい。……——。

＊

＊

——手紙の返事の書き出しには、そうあった。

森田君の下駄箱にこっそりと封筒を入れた次の日の朝、また初めと同じようなクリーム色の便箋が私の下駄箱に入っていた。

初めてはる君に手紙を出した時、五日もかかってしまったけれど、二通目の返事は、もらった二日後には出すことができた。

はる君からもらった手紙は、自分の部屋の机の引き出しに一通、一通、角を揃《そろ》えて積み上げていった。

秘密はここにだけある。両親が私の机の引き出しを開けることは、きっとないけれど、学校に行く前は引き出しに鍵をかけることにした。

文通を続けるうちに、下駄箱に入っている封筒は厚みを増していった。

引き出しの中が埋まっていくのに比例して、自分の便箋の減りも早くなっていく。

そのことが、くすぐったかった。

誰かに自分が必要とされている。そう思うと、浮かれそうになった。

だけど、その度に、立ち止まる。

心の距離は近づければ近づけるほど、その相手に棘を刺してしまう可能性も高くなる。ハリネズミの針があたらないくらいの、ちょっと離れたところから手を振り合うくらいの、そんな関係でいなければだめなんだと自分自身に言い聞かせていた。

それでも、たくさん考えて、たくさん時間をかけて、手紙を書く行為に、私は、だんだんと楽しさを覚えるようにもなっていた。

互いの便箋の中のクエスチョンマークが、ひとつふたつと増えていく。途中から、そのことには、私もはる君も謝らなくなった。

はる君は、お蕎麦《そば》とトカゲが好きで、恋愛映画が苦手だそうだ。誰かを馬鹿にするような目が嫌で、可哀想《かわいそう》という言葉も苦手。感動的なものに涙する人間が、違う場面で平気で嫌なことができてしまうという事実が怖い。それから、言葉のいらない優しさは、世界共通だから一番難しくて、だからこそ温かいものだと思っていると教えてくれた。

綺麗な筆跡の手紙の中で、私ははる君の好きなものや苦手なものを知って、少し薄暗い考え方を感じ取った。その薄暗さを受け取る度に、はる君は自分と似ているのではないか、という気持ちが大きくなっていった。

だけど、はる君は私と違って薄暗いだけではなかった。

彼の中には仄《ほの》かな光もあるように感じた。彼はとても慎重で、少し臆病《おくびょう》で、それでも、とても優しい性格なのだと思う。

会ったことはない。

だけど、文章には、人柄がしっかりとあらわれる。

受け取った手紙が増えるにつれて、はる君という存在は、自分の中で確かなものになっていった。

きっとそれは、はる君の方も同じだったんじゃないかと思う。

心が近づくことを恐れながらも、私ははる君に自分の好きなものや苦手なものを手紙の中で少しずつ伝えた。

森田君は、どうやってはる君と仲良くするかは、私とはる君に任せると言っていたけれど、私たちは、しばらく、ただ手紙のやりとりを続けているだけだった。

最初の手紙でそれを望んだのははる君だったけれど、森田君に、はる君と友達になってほしいと頼まれた身としては、このまま文通をしているだけでいいのか、少し気がかりに感じ始めてもいた。


そんな折に、再び、森田君と話す機会が訪れた。

昼休み、お弁当を食べた後に久美ちゃんがトイレに行ってしまって、自分の席でぼんやりとしていた時だった。

「保志さん」と、突然、名前を呼ばれて、声の方に顔を向けたら、いつものようにクラスメイトに囲まれている森田君がいた。

鼓動が急に、忙しくなる。

もしかして、こんなところで、はる君の話をするつもりなのだろうか。うまく答えられる自信はないし、なにより、周りの目が怖い。

一瞬、身構えたけれど、「そういえば、園芸部の先生から伝言もらってたんだけど、」と、森田君が話し出したので、心配は杞憂に終わった。

周りの目を気にしながらも、平然を装って、言葉の続きを待つ。そんな私とは対照的に、森田君は、いつものように明るい表情をしていた。

「放課後、資料運んでほしいから、図書準備室に来てくれだって」

「図書、準備室？」

「うん。確か、そう言ってたはず。よろしくな、保志さん」

どうして森田君が、と思いながらも、不自然な間合いを生みたくなくて、深く考える前に頷く。そうしたら、彼はすぐに、私から目を逸らして、友達との会話に戻っていった。

今までに、園芸部の顧問の先生からそんな頼み事をされたことは、一度もない。それに、先生が森田君に伝言を頼む、ということも少し引っかかった。

だけど、放課後、帰る用意を済ませてから、森田君に言われたことを信じて、私は、図書準備室へ向かった。

放課後にうちの高校の図書室を利用する人はほとんどいないし、図書準備室なんて、もはや物置のようなところだ。

さびついた扉を開けると、案の定、中には誰もいなかった。

少し不気味に思いながらも、足を踏み入れる。本がたくさん積み上げられているけれど、そのどれもが年季《ねんき》のはいったもので、資料らしきものも見当たらない。

しばらく、辺りを見渡していたら、準備室の扉が、音を立てて開いた。

「お、よかった。来てくれてた」

そう言って中に入ってきたのは、先生ではなくて、伝言を頼まれたはずの、森田君本人だった。

パタン、と、また扉が閉まって、準備室は二人だけの密室になる。

夕方の薄暗い光の中でも、森田君のまとう雰囲気には陰りを感じなくて、きらきらしているように思えた。はる君に手紙を書くよりも、彼と向き合っている方が緊張してしまう。

きっと、私と森田君では、真逆だからだ。

手紙のやりとりで、はる君に抱いていた親近感を、森田君には一切抱かない。イエスマン。花壇のところで、はっきりと彼に言われた言葉を思い出して、少し胸が痛んだ。

「手紙だと、はるとごっちゃになるだろ。先生に頼まれてるって嘘ついた。ごめん」

「……大丈夫だよ。どうしたの？」

「はるについてちょっと言っておきたいことがあったから。教室で話すわけにはいかないし、周りのやつに怪しまれるのも保志さんは嫌だろ」

「気を遣わせてたなら、ごめんね」

「いや、謝んないでよ。俺の方が、気を遣わせてるじゃん」

森田君は苦笑いを浮かべて、窓の方へ歩いていった。それから、「保志さん、こっち」と手招きしてくる。

私は、戸惑いながらも頷いて、森田君の隣に、かなりの距離をあけて並んだ。

彼と視線をうまく合わせられず、足元を見つめる。

森田君は、手紙の内容をどこまで知っているのだろうか。これまでにはる君に送った手紙の内容を思い出すと、少し恥ずかしくなった。

「どう？」

「へ」

「はるだよ。どうなの？」

「……どう、って」

「たくさん手紙のやりとりしてくれてるだろ。まさか、保志さんがここまで仲良くやってくれるとは思わなかったから、予想外だった。……感謝してる」

「……こちらこそだよ。ありがとう」

カーテンから差し込んだ仄かな光が、私と森田君の足元を照らしている。

ここまで仲良くやってくれる、なんて、手紙だけでは不十分ではないかと思っていたところだったから、森田君にそう言われるのは、素直に嬉しかった。

「保志さんって優しいよな」

「そんな、」

「……たぶん、はるは——」

森田君らしからぬもごもごとした口調で言葉を発したから、後半はうまく聞き取れなかった。だけど、聞き返すこともできず、「はる君の方が、優しいと思う」と、なんとか返事をする。

社交辞令ではなく、本音《ほんね》だ。

はる君の文章から感じる仄かな光は、優しさそのものなのかもしれない、と、今思う。

「いや、はるは気弱なだけだろ」

「……そうかなあ」

「そうだよ。それでさ、保志さん」

「なに?」

「もし、これから、はるの手紙が遅れても、悪く思わないでやって。最近は、短い時間しか、入れ替わってやれないから。たぶん、これから、そういうことが増えると思うし」

「……自由に入れ替われるわけでは、ないんだね」

「昔はそうだったけど、今はそういうわけにもいかなくなってる。自分の部屋が入れ替わる、みたいな感覚なんだけど、その入れ替えがうまくできないっていうか。この身体は、俺のものである時の方が、遥《はる》かに多いな」

そう言って、森田君は少し寂しそうに目を細めた。

「はるは、たぶん、俺に対して、申し訳ないってすごい思ってる。遠慮ばっかり。そこは、保志さんと似てるかも」

「……そうなんだね」

曖昧に頷いた瞬間、森田君に対して苦手だと思う気持ちが少し膨らんでしまう。

「だけど、これからも、時間が許す限りは、はると仲良くしてやってほしい」

「……うん」

「じゃあ、それだけだから」

森田君が窓に寄りかかるのをやめて、先に図書準備室の扉の方へ向かう。それからすぐに、部屋を出ていった。

森田君の背中を見ていたら、はやく、はる君に手紙が書きたい、と思った。

＊

保志文子様

お返事遅くなって、ごめんなさい。

暑くなってきたけど、文子さんの体調は大丈夫ですか。夜はまだ涼しくて、僕は、ほとんど涼しさだけを感じているから、陽には申し訳ないなと思っている。

陽と、図書準備室で僕のことについて話したことは、僕も知ってます。僕と陽は、普段は、記憶を共有しているから。だけど、自分だけのものにしたい記憶はお互いに共有しないということもできます。

学校で、文子さんと話せる陽のことを少しだけ羨ましく思ってしまう。陽の特権ですね。

それから、質問、ありがとう。

だけど、僕が生まれたきっかけについては、陽が言ってほしくないかもしれないから、僕からは、何も言えない。本当に、ごめんなさい。

それ以外の質問にはきっと答えられるから、また、質問してくれたら嬉しいです。

ごめんね。

はる

＊

どれだけ、手紙のやりとりを重ねても、はる君のボールペンの字は綺麗なままだった。

今日もらった手紙には、はる君が生まれたきっかけは言えないと書いてある。ごめんなさい、の文字を見て、聞いてしまったことをすぐに後悔した。

森田君と、はる君について話した日に聞きそびれてしまったから、はる君に質問してみたけれど、完全に、余計なことを聞いてしまった。答えられなくて申し訳ないと思わせてしまった。

きっと、どう書けばいいか、彼は迷っただろう。

そう推測できるくらいには、はる君のことを知っているつもりになっていた。

授業中は、後ろの方の窓側の席であるのをいいことに、森田君に目を向けて注意深く観察してしまうことが多くなった。

欠伸をすると、はる君が夜更かしをしたからかもしれないと思う。目元に皺をよせて、にこにこ笑っていると、本当に非の打ちどころがなくて明るい人だなと思う。

誰にでも優しくて、面白くて、はっきりと自分の意見が言える人。みんな、森田君を気にかけている。男女問わず、好意を抱いている人がたくさんいると思う。

きっと、森田君はすごく幸せに生きている。

森田君からは、薄暗い部分なんて、ひとつも感じることができなかった。

森田君に対する自分の苦手意識は、彼を羨ましく思う気持ちから来ているような気がする。ほんの少し、はる君に同情さえしている自分がいた。

だけど、授業中も森田君のことを見てしまうようになってから、新しく気づいたこともあった。

授業中の彼は、みんなに囲まれている時とは違って、結構真面目で、先生のギャグに時折、柔らかく口角をあげるだけなのだ。

その時の表情は、クラスメイトに見せる笑顔の何倍も無防備なもののようで、私は、初めてその微笑《びしょう》を見た時、森田君はこんな風にも笑うんだ、と密かに驚いていた。

同時に、少し心配にもなった。

もしかして、いつもにこにこしているけれど、本当は無理して笑ってる時もあるんじゃないだろうか、なんて。

だけど、すぐに、思い直した。森田君のことは、私なんかが心配することじゃないのだ、と。森田君とはる君は別で、私が手紙で知ったのは、はる君のことであって、森田君のことではない。

一人の身体に二人がいることを疑う気持ちはもう完璧になくなった。だけど、はる君と森田君は全然違っているのに所有している身体は同じだから、はる君と森田君のことを同時に考えると、こんがらがってしまうことはいまだにある。

それはある程度は仕方がないことだけど、混同してはだめだと思った。

昼休み、久美ちゃんと一つの机にお弁当を並べて向き合って食べる。

森田君は、目を細めて笑いながら、自分の机の上に座って、パンを頬張っている。

机の上に座るのなんて、行儀悪いはずなのに、森田君だから許されるような気がする。

はる君ならそんなことは絶対にしないだろうなと思いながら、数秒間、彼をじっと見つめてしまっていた。

それから、視線をお弁当に戻して、プチトマトを箸《はし》でつまむ。

前から強烈な視線を感じて、顔をあげると、久美ちゃんがじっと私を見ていた。気を付けていなければならなかったのに、自分がすっかり気を抜いてしまっていたことを悟《さと》る。

まずい、と思いながらも、うん?と何気ない風を装って、首を傾げた。

「最近の文子ちゃんさー、森田君たちのグループ見てること多くない？」

「えっ、……ううん、そんなことない」

「そう？」

久美ちゃんが、唇を尖らせる。

内心、気が気ではなかった。

どうしよう。森田君を見ていたことがばれていたら。好きなのか、と言われたら、なんて答えればいいのだろう。好きじゃないと言ったら、森田君に失礼な気がするし、好きだと言ったら、勘違いをされてしまう。どう転がっても、いい未来が浮かばない。

間違えないためには、どうしたらいいのだろう。誤魔化すように、へらりと笑ったけれど、久美ちゃんは、逃がしてくれる気はなさそうだった。


机の上に肘をつき、私の方に顔を近づけて、秘密ごとを話すような体勢をつくる。久美ちゃんは視線だけを、森田君たちのグループの方に向けて、「あの中に好きな人、いるの？」と囁《ささや》くように言った。

「……いないよ？」

「本当に？　そういえば、私たち、恋バナとかしたことなかったよね」

「……確かに」

「文子ちゃん、もしかしてだけどさ、」

そこで久美ちゃんがさらに顔を近づけてきたので、右耳を寄せる。

こそこそ話。

クラスメイトの誰かがそれをしていたら、私は自分のことを言われてるんじゃないかって、びくびくしてしまうけれど、この場合は仕方ない、と思うしかない。

久美ちゃんが唇を震わせる。息が耳朶《じだ》にあたる。

「……鮫島《さめじま》君のこと、好きだったりする？」

予想もしなかった名前があがって、拍子抜けした。

囁《ささや》き声で、「嫌いではないけど、恋はしてない」と答える。途端に、久美ちゃんの顔に安堵《あんど》の色が広がった。

恐る恐る、「……久美ちゃんは、好きなの？」と聞く。そうしたら、久美ちゃんは、恥ずかしそうに頷いて、ほんのりと頬を染めた。

鮫島君は、森田君のグループにいる男の子で、大人っぽくて、かっこいい人だ。森田君のグループにいる人たちは、みんな、人気者。鮫島君もそのうちの一人である。

最初こそ、自分が森田君を見ていたと気づかれていなくて、ただホッとしていただけだったけど、久美ちゃんが鮫島君のことを好きだということに対して、私の中でじわじわと複雑な気持ちが膨らんでいった。

恐らくだけど、鮫島君には恋人がいる。

前に一度、隣のクラスの女の子と手を繋《つな》いで帰っていくのを見かけたことがあった。幸せそうに顔を見合わせて笑っていた。きっと、今もまだ、付き合っていると思う。

久美ちゃんは、知らないのだろうか。

「……告白、しようと思ってるんだよね」

はにかんで、ツインテールを指に巻き付ける久美ちゃんは、きっと、鮫島君に彼女がいることを知らないのだ。

どうしよう。伝えるべきだろうか。伝えない方がいいのだろうか。

伝えたら、久美ちゃんは絶対に悲しむ。自分の言葉で、久美ちゃんが悲しい顔をするところを想像したら、苦しかった。だけど、伝えずにいたら、久美ちゃんは鮫島君に告白して、きっと振られる。

どのみち、久美ちゃんは悲しい思いをしてしまうような気がした。

「……久美ちゃん」

「どうしたの？　え、まさか、やっぱり、文子ちゃんも好きなの？」

「ううん、違う。違うんだけどね。……なんでもないや」

久美ちゃんは、ちらりと鮫島君の方を一度だけ見て、ふふ、と頬をゆるめた。

本当に、可愛い女の子だ。私なんかと仲良くしてくれる貴重な人。

だから、久美ちゃんには、悲しんでほしくない。

私は、どうすればいいのだろう。

「ね、応援してくれる？」

鮫島君が、あの子とすでにお別れしてくれていたらいいのに。久美ちゃんを好きになってくれたらいいのに。だけど、それは同時に、別の人の不幸を望むことでもあると思った。

恋って、嫌だ。ほとんどが犠牲を生む。地獄を生む。

友達のためだけに。違う、そんなに綺麗なものじゃない。

友達が悲しむ顔を見て自分も悲しい気持ちになりたくないだけだ。

そんな理由で、人の別れを願う自分の醜《みにく》さに辟易《へきえき》としながらも、頑張って口角をあげて頷いた。


その夜、はる君に私は手紙を書いた。

最近、文房具店で新しく買ったルノワールの絵画が裏面にプリントされた便箋に。

はる様、と、始めに名前を書く行為にもすっかり慣れてしまった。

ゆっくりと、言葉を並べていく。

頭の中では、昼間の久美ちゃんの恋する表情がずっと浮かんでいた。

前の手紙で来ていた取り留めのない質問に答えて、新しい話題をいくつか書いた後、便箋のあいたスペースをじっと見つめる。

私は、どうすればいいのだろう。はる君、私はどうすればいいかな。

優しくて、薄暗いからこそ、色々なことに敏感《びんかん》な人。

そういうふうに、今の私は、はる君のことを感じている。はる君ならば、いいアドバイスをくれるかもしれないと思った。

——はる君を、頼って、みたい。

久しぶりに家族以外に抱いた感情に、驚き半分、怖さ半分。〝個人的な相談なのですが、〟と前置きをして、昼間の出来事を、久美ちゃんたちの名前は伏せて詳細を濁《にご》しながら書いていく。

「……私は、どう、すれば、いい、と思います、か」

小さく声に出してしまって、慌てて、唇を結んだ。

こんなことを相談できてしまう時点で、はる君のことを信頼しすぎてしまっているのかもしれない。

近づいたら、刺さってしまうのに。人間の棘は、ハリネズミの何倍も痛いのに。

だけど、はる君を頼ってみたいという気持ちの方が、そのことへの不安よりも、わずかに大きかった。

相談の内容を見返して、鮫島君や久美ちゃんの名前を出していないか、確認する。それから、少し迷った末に、〝できれば、森田陽君には秘密にしてほしいです。こんなことをお願いして、本当にごめんなさい〟と付け加えた。

鮫島君は、森田君と仲がいい。それに、私の友達といったら久美ちゃんだと、気づかれてしまう可能性もある。できるならば、相談したことも、森田君にはばれたくなかった。

手紙は、次の日の放課後にこっそりと森田君の下駄箱に入れるつもりだった。

だけど、昼休みにまた、「保志さん、園芸部の先生からの伝言。今日も、図書準備室だって」と、森田君に言われたから、直接、彼に渡すことにした。

放課後、図書準備室の扉を開けると、すでに部屋の中には、森田君がいた。

前と同じように、窓のところに寄りかかっている。

扉を閉めて中に入る。手招きされて、この前よりも距離をあけて、森田君の隣に並んだ。そうしたら、森田君がわずかに距離をつめてくる。その分の距離をまたあけるのは、森田君に失礼な気がしたから、そのままでいることにした。

「……待たせちゃって、ごめんね」

「俺も、また呼び出してごめん」

「そんな。……私は、大丈夫だよ」

今日は、どうして呼び出されたのだろう。何か、まずいことでもしてしまったのだろうか。

なぜか、森田君は、いつも教室でみんなに囲まれている時のようには話しかけてくれなくて、しばらく沈黙が生まれる。

不安になりながらも、沈黙の重さに耐えられなくなって、「あの、」と、私から話し出した。

「……はる君に、手紙を書いてきたんだけど、渡してくれないかな？　……本当は、今日、下駄箱に入れようと思っていて」

「あー、うん、もらうよ。さんきゅ」

鞄から、はる君宛ての手紙を取り出して、森田君に渡す。

昼休みは、森田君に直接渡せばいいか、とかなり気楽に考えていたけれど、いざ、直接渡してみると、かなり気恥ずかしい気持ちになった。

鼓動の忙《せわ》しなさに焦る私とは対照的に、森田君は、あっさりとした表情で手紙を受け取って、鞄にしまった。

「……私がはる君に宛てた手紙っていつも森田君も見てる？　ごめんね、少し気になっちゃって」

「いや、はるが見てる。俺は、見てないよ。ただ、その記憶を引き継いではいるから、内容は知ってるけどな。はるが俺に知られたくないこととかは、知らない」

自分だけのものにしたい記憶はお互いに共有しないということもできる、とはる君も手紙で言っていた。それなら、久美ちゃんと鮫島君のことは、森田君にはばれないかもしれない。

少し安心しながら、「そうなんだ」と相槌を打つ。

そわそわした気持ちを落ち着かせるために、カーテンから差し込んで足元で泳ぐ夕方の光を見ていたら、「保志さん」と、名前を呼ばれた。

光から、ゆっくりと森田君に視線を移すと、彼は、少し言いづらそうにしながら、唇を震わせた。

「時間が、ないんだ」

もう、帰らなければならないということだろうか。

結局のところ、私は、どうして、今、呼び出されているのだろう。

分からないままに、それじゃあ、と言おうとしたけれど、その前に、森田君がまた口を開いた。

「はるって、消極的だろ」

「……うん？」

「もともと、色んなことを上手に望めないやつだから」

森田君が、何を言いたいのか分からなくて、首を傾げたら、彼は真面目な表情で、保志さん、と私を呼んだ。

「そろそろ、はると会ってやってよ」

「え」

「時間には限りがあるから。はる、本当は会いたいくせに、なかなか、保志さんには言えねーの。そうやっているうちに、何もかも終わったらどうするんだよって思う。せめて、少しくらい、保志さんに会わせてやりたい」

会ってやって、なんて。突然、言われても、困ってしまう。

だけど、あまりにも真剣に森田君が言うものだから、私は頷くしかなかった。

「……分かった」

何でも、了承してしまう自分が情けない。

それでも、ここ数年は、ずっとそうやって生きてきたから。

私は、森田君にとってイエスマンだ。

だけど、はる君にとってはきっと違うから、断れないからというだけで了承してしまったことに、申し訳ない気持ちが生まれる。こんな気持ちなのにいいのかな、と、罪悪感が胸にじんわりと広がり始める。

それでも、私の返事に、森田君の顔がぱっと晴れたから、もう断ることはできないと思った。

「今週の土曜とか、あいてる？」

「……たぶん、大丈夫」

「ん、じゃあ、土曜。頑張って、入れ替わるから、はるに会ってやって」

「……分かったよ」

頷いたら、怖くなった。

「はる宛ての手紙は、確かに受け取りましたから」

森田君が爽やかに口角をあげて、また、先に部屋を出ていく。

一人取り残されてから、ふう、と息をついたら、久美ちゃんと鮫島君のこと、はる君と会うかもしれないこと、それから少し強引な森田君のこと、それらが一気に頭の中で混ざって、苦しくなった。

翌日の朝にはもう返事が来ていた。

そんなに早く返事が来るなんて、最近では珍しいことだったから、驚く。昨日の今日だから、どんなことが書かれているのか怖かったけれど、それよりも、早く書かれている内容が見たいと思う気持ちの方が勝っていた。

下駄箱に入っていた手紙を折れないように鞄にしまって、急いで、トイレへ向かう。

一番奥の個室の鍵をかけてから、乱れた息を整えた。

蓋《ふた》のしまった洋式トイレの上に鞄を置いて、封筒を取り出す。

二つ折りになった便箋を開けば、いつも通り、一番上には綺麗な字で、「保志文子様」と書かれている。

＊

相談してくれて、ありがとう。

適切なアドバイスができるか、分からないけれど、文子さんが僕を頼ってくれたことに、どうしても嬉しさを感じてしまっています。

期待通りのアドバイスじゃなかったら、本当にごめんね。

僕なら、友達に、言わないかもしれない。

僕は誰かに告白をしたことがないけれど、結果がどうであっても、好きな人に想いを伝えられたらそれでいいという気持ちなら、分かる気がします。その場合、事前情報は、ない方がいいんじゃないでしょうか。

僕が文子さんなら、沈黙を選ぶと思う。

だけど、僕の意見は本当にあてにはならないかもしれない。それでも文子さんには苦しんでほしくなくて、どうしても答えたかったです。

ごめんね。どうか、文子さんが苦しむことになりませんように。

それから、相談の内容については、陽には秘密にします。だから、安心してください……――

＊

便箋の一枚目は、相談の答えでいっぱいだった。

たくさん考えさせてしまったことに申し訳ないと思う気持ちよりも、たくさん考えてくれたことを嬉しく思う気持ちの方が、不思議と大きかった。

ごめんなさいと思うことは、自分の行き過ぎた感情や言動を止めてくれるストッパーで、それがゆるくなることは、とても怖いことなのに。

怖さと嬉しさが、狭い個室で混じり合って、少しだけ苦しくなった。

はる君が沈黙を選ぶと言うのなら、私もそうしたかった。

自分の選択に、違う人の一票が入った途端《とたん》、不確かな自信が生まれる。選択することに、勇気が持てる。

二枚目は、家でじっくり読むことにして、便箋を封筒に戻す。大切に鞄の奥にしまって、昨日よりも少しだけ明るい気持ちで教室へ向かった。

久美ちゃんは、私に打ち明けたことで本当に告白する気になってしまったらしく、いつしようか、とか、どこでしようか、といったことを、休み時間に私に聞いてきた。

だけど、鮫島君に恋人がいるかもしれないことを、私は彼女には決して言わないでいた。

沈黙、を選ぶ。

本当にそれが正しいかどうかなんて分からないから、信じられるものを信じるしかなくて、今の私の場合はそれがはる君の言葉だった。

その日は、久美ちゃんに合わせて、へらへらと笑ってやり過ごしていた。

放課後、家に帰ってから、はる君からの手紙の続きを読んだ。

二枚目の便箋の書き出しは、「長くなってしまって、ごめんなさい」で、はる君らしさを感じて、少し頬をゆるめてしまう。

＊

僕が情けないせいで、文子さんには迷惑をかけました。

陽に頼まれて、断れなかったよね。ただ、陽は悪くなくて、文子さんと学校で会える陽に対して羨ましいと思っていることを、陽に感じ取らせてしまったことが原因のひとつで、他にも大切な理由があるのだけど、つまり、僕のせいです。

本当にごめんなさい。文子さんに、不快な思いをさせていると思うと苦しいし、僕は今でも面白いことが言えなくて、自分には何も取り柄がないと思っている。

それでも、文子さんに手紙を書いている時が一番楽しくて、会いたい、と、今は強く思ってしまっています。

文子さんに、会いたいです。

僕はいつも弱気で、勇気が出るのは珍しいことだから、自分の気持ちから逃げ出してしまわないうちに、今、この手紙を書いています。このままでは、だめだから。

改めてですが、僕と、会ってくれないでしょうか。

今週の土曜、午前十時に、隣町の駅で待っています。

文子さんが嫌だったら、来なくても本当に大丈夫です。

ただ、僕は、会いたい、という気持ちを文子さんにようやく自分の言葉で伝えられて、すごく怖いけど、嬉しい。それだけです。

ごめんなさい。

はる

＊

はる君は、どんな表情で、どんな気持ちでボールペンを握って、この手紙の二枚目を書いたのだろう。

はる君の姿を想像しようとしても、どうしても森田君の顔になってしまうから、うまくいかない。

それでも、手紙の二枚目を読みながら、はる君の文字の微《かす》かな震えを、私は、彼の息遣いのように感じていた。

今、はる君からの手紙を読んで、はる君の言葉で会いたいと言われて、昨日、森田君から頼まれた時とは、全然違う気持ちが生まれている。

怖いけれど、嬉しい。

その気持ちを、私も、最近抱いていた。分かる、と思った。

それは、優しくない気持ちだよね。怪獣の傍で眠るような気持ちなんだよね。

違うかな。はる君は違うかもしれないけれど、やっぱり、私たち、似ていると思う。

誰かの存在に近づこうとする時、本当に怖いけれど、嬉しく思える。その気持ちに対して、ごめん、と思うところまで、似ている気がした。

封筒に便箋をしまって、自分の胸元に寄せる。封筒と心臓を合わせたまま目を閉じたら、不安な気持ちが生まれてしまう。

こんなにも勇気を出して、会ってみたいと書いてくれた人を、実際に会った時にがっかりさせたら、どうしよう。身体を共有しているということは、森田君の姿をしたはる君と会うということになるのだろう。そうなった時、もしも誰かに二人でいるところを見られて、勘違いされたらどうしよう。

たくさんの薄暗い〝どうしよう〟で、呼吸が不自由になる。

それでも、私も、はる君に会ってみたい。

今、初めて、心の底から、そう思っていた。

それからの数日間は、不安がぐるぐると頭の中でかけめぐり、はる君のことばかり考えて過ごしていた。
そうしたら、あっという間に、約束の日が来てしまったのだった。

3　無防備な感情

土曜の午前十時頃。不安な気持ちとは裏腹に、空はすっきりと晴れていた。

隣町の駅の改札を出て、辺りを見渡すと、切符売り場の隅に森田君らしき人を見つけた。

本当にいるんだ、というのが率直《そっちょく》な気持ち。五分前に着いたけれど、彼はそれよりも早く来ていたみたいで、待たせてしまうくらいなら、もう少し早く着くようにすればよかったと、さっそく後悔してしまう。

身をひそめるように壁に背を預け、じっと前を見ている横顔を、少し離れたところから観察する。

彼の表情には、笑みがなかった。綺麗な鷲鼻や、艶《つや》のある髪から判断するに、彼は、森田君で間違いないだろう。ただ、いつも教室で見るような森田君とは、明らかに違っている。

私はその人を〝森田君〟と呼ぶべきなのか、〝はる君〟と呼ぶべきなのか分からなくて、戸惑った。

彼は、きっと、はる君だと思う。だけど、なんて、声をかければいいのだろう。

腕時計を確認すると、約束の時間まで三分を切っている。

彼の横顔を、いつまでもこっそりと見ているわけにはいかない。

意を決して、ゆっくりと彼の方へ足を進める。改札の音が遠のいていく。彼は、私に気づいていないのか、未だにじっと前を見つめていた。

どうしよう。もしかすると、私の顔を知らないのかもしれない。残念に思われてしまったら、とまた別の不安要素が出てきてしまったけれど、ここまで来て足を止めることはできない。

「……森田、君」

恐る恐る、名前を呼んだ。

森田陽君であっても、はる君であっても、名字は同じだ。

声が、情けないくらい震えてしまって、ちゃんと届いたか心配になったけれど、呼んですぐに、彼は、私の方へ顔を向けてくれた。

その時、緊張と不安でいっぱいだったのに、なんだか、現実から少し自分が浮いたような不思議な心地に襲われた。

彼の顔は、強張っていて、笑い出す気配なんてひとつもなかった。

ぎゅっと唇を結んで、怯えたような、震えているような瞳が、私を映す。

ああ、そうか、怖いんだ。緊張しているのは、私だけじゃない。

それで、この人は、本当に。

「……はる、君、だよね？」

教室でみんなの真ん中にいる森田君と、同じ顔なのに、全然違う。近くで見れば、その違いははっきりとしていた。

森田君から感じる眩しさを、目の前の人からは感じない。そのことに、なぜか、少しだけホッとした。身体を共有しているけれど、違うということが、ようやくちゃんと分かった気がする。

彼は、こくん、と頷いて、ゆっくりと唇を開いた。

「文子、さん」

「うん。……保志文子、です」

「……あの、ずっと、会いたくて、」

「……うん」

「…………」

「私も、です」

はる君に合わせてそう答えたけれど、口に出したら、自分が強くそう思っていたことに気づく。

はる君は、困ったように目を泳がせて、後ろ髪をかいた。

いつも教室で見ている綺麗な顔がそこにはある。だけど、猫背だからか、教室にいる時よりも、小さく見えた。

グレーのTシャツに、黒いスキニーを履いている。これは、どちらの趣味なのだろう。

彼の姿を見つめたまま考えていたら、はる君が、「……あの、」と言ったので、そこで我に返った。黙ったまま、じろじろと見るなんて失礼すぎる。最初から、感じ悪いことをしてしまっている。

だけど、何を話せばいいのだろう。天気がいいですね？　電車は混んでいましたか？　待たせてしまってごめんなさい？

つまらないと思われたら、嫌だ。会って早々、がっかりされるのも、怖い。

「……ごめんなさい」

どうすればいいのか分からなくなると、すぐに謝ってしまう。

今日も、自分の癖は健在だ。

はる君は、「……僕の方こそ」と言って、目を伏せた。

森田君の顔が全然違う表情を作り、森田君の声がいつもの何倍も弱々しく響き、瞬きの度に、ほんの少しの翳《かげ》りが生まれる。

いつものような眩しさを感じないことに安心する一方で、はる君と初めて会っているという事実に、そわそわもしてしまう。この不思議に、早く慣れないと、はる君を悲しませてしまう気がした。

「文子さん、」とか細い声に名前を呼ばれて、「はい」と答える。

はる君が、私に恐る恐るといった風に一歩近づいてきた。

「……どこに、行く？　ごめんね。たくさん候補を探したけど、決めきれなくて。勝手に決めるのも、よくないかなと思ったから。……文子さんは、どこに、行きたい？」

行きたいところ。

隣町とはいえ、何度か訪れたことがあるし、観光名所は把握《はあく》している。

私も昨日たくさん調べた。だけど、自分の行きたい場所が、はる君が興味のないところだったらと思うと怖くて、結局、はる君に任せよう、と無責任なことを思って眠ったのだ。

「……はる君の、行きたいところに、行きたいかなあ」

「僕の、行きたいところ？」

「うん」

はる君は、しばらく考え込んだ末に、頷いて、「……少し歩くけど、いい？」と私に尋ねてきた。

頷いて、歩き出す。

駅を出てから、しばらくは、はる君の少し後ろをついていったけれど、途中で、はる君が歩幅をゆるめて私の横に来たから、それからは並んで歩くことになった。

ちらりと横目ではる君を窺《うかが》うと、彼はぎゅっと唇を結んでいる。どうか、私にがっかりしているからじゃありませんように、とこっそり願った。

休日に、家族以外の人と出かけるのなんて中学生ぶりだった。

横断歩道を二度わたると、少し街並みに緑が混じり始める。車通りも少なくなり、長閑《のどか》な風景に変わっていく。

どこに向かっているのか、なんとなく分かってきた。昨夜、たくさん調べたからだ。少し勾配《こうばい》が急な坂道をのぼると、視界が色鮮やかに優しくきらめく。緊張が、ほんの少し解けていった。

はる君が立ち止まったので、私も足を止めた。

目の前には、一面のネモフィラ畑が広がっている。

淡いブルーの花の海だ。私は、こういう場所が大好きで、昨日、観光名所を調べていて、一番行きたいと思ったところでもあった。

だけど、はる君はどうなんだろう。本当にここに来たかったのだろうか。

はる君の好きなものは、トカゲとお蕎麦で、お花のイメージはあまりない。

「はる君が来たかった場所は、ここであってる？」

遠慮がちに尋ねると、はる君は小さく頷いた。

「文子さんの手紙に、花が好きだって書いてあったから。……僕は、ここに来たかったよ。でも、ネモフィラは別に好きじゃないということなら、ごめん」

「ううん、すごく好き。いろいろなお花がたくさんあるのもいいけど、同じ花が一面に咲いていると、嬉しくなる。……はる君、ありがとう」

お礼を言うと、はる君は、顔の強張りをなくして、頷いた。

「よかった」

はる君の表情に、私まで安心する。

今日も、勝手にお揃いの気持ちの一欠片を見つけて、その分だけ、心を近づけてしまう。きっと、そういう近づけかたは、正しくないのに。

この場に来て、ようやくお互いに、緊張が解けてきているような気がした。美しいネモフィラの景色に助けられている。

私とはる君は、ネモフィラ畑に沿うようにして続く細道を、並んで歩いた。五月の風が、そよそよと肌を掠《かす》め、すごく気持ち良かった。

まるで海のよう。波よりも可憐《かれん》に、ネモフィラが揺れている。

この場所に辿《たど》り着《つ》くまではお互いに全然話すことができなかったけれど、細道を歩きながら、少しずつ言葉を交わし合えるようになっていた。手紙を何度も送り合っていたから、話し出してしまえば、予想していたよりも、会話を弾《はず》ませることができた。

慎重に、慎重に。それだけは、忘れずに。うっかり棘を口から放つことがないように。

そういう気持ちから生まれる不自然な間も、途中で、さほど気にならなくなった。

はる君の方も、同じだったからだ。

お互いに躊躇いながら話し合う中で、会話のリズムが合うってこういうことなんだ、と少し嬉しくもなった。

「……そういえば、友達は、大丈夫？」

「友達？」

「手紙に書いてあったから。文子さんの友達と、好きな人のこと」

「あっ。……ごめん、私が相談したのに」

「別に、気にしなくていいよ」

「正直なところ、分からないの。でも、黙ってることにした。……相談に乗ってくれてありがとう、ごめんね」

久美ちゃんは、もう少し心の準備をしたら告白すると言っていた。

本当に黙ったままでいてよかったのか、ずっと引っかかってはいるものの、ツインテールを揺らして、可愛く笑う久美ちゃんを前にしたら、『うまくいくといいね』としか言えなかった。

「いや、僕の方こそ、ごめん。いいアドバイスができなくて」

「はる君は、何も謝ることなんてないよ。ごめんね」

「……僕ら、さっきから、謝ってばっかりだね。こんな会話の流れにしてしまって、本当にごめん」

あ、とはる君が、やってしまったという表情を作る。それが少し面白くて、思わず頬をゆるめてしまった。

似ている。

似ているって、力が抜けてしまう魔法の一つなのかな。似ている、ということに、すごく助けられている。

一番見晴らしのいい場所まで来て、一度足を止めた。

しばらく、黙ったまま、私たちは一面のネモフィラを見ていた。

空気を吸い込んで目を閉じると、隣から呼吸する音が聞こえて、また頬がゆるむ。

「……本当は、分からない」

凪に近い穏やかな気持ちの中で、私は、そっと言葉にした。

はる君は、猫背のまま首を傾げて、私を見た。

優しい目をしている。薄暗くて、周辺が少し青っぽくて、海というよりは、誰にも知られていない場所にある湖のような瞳。

私は、はる君をじっと見つめて、躊躇いながら、唇を震わせた。

「私も、人と話すことが苦手で、本当は、……誰かと近づくことも、苦手なの。怖がってるだけなんだと思う。ただ自分が傷つきたくない、から。だから、久、……友達にも、きっと、はる君のアドバイスがなくても本当のことなんて言えなかったかも。傷つけて、傷つくことから、自分を守りたくて、毎日、必死」

「そっか」

「……人を、傷つけたことが、あるから。自分の言葉が、誰かに影響を与えることが、怖いの。できれば、みんなとは、傷つけられないくらいの距離をあけて、いたい」

「……うん」

「でも、あのっ、はる君とこうして会えていることは、本当に、嬉しくて。だから、今言っているのは、現実、ちがう、なんて言えばいいのかなあ、ごめんね。今も現実だよね。はる君も含めてなんだけど、でも違うんだ、……ああ、だめだ、うまく言えない。本当に、ごめんね、こんなに面白くない話、始めちゃったからだね……ごめんなさい」

慣れないことをしたから、取ってつけたような言い訳にも失敗して、項垂《うなだ》れてしまう始末だ。

数秒ほど、はる君の表情を見ることができないでいたけれど、「……どうして」という声が頭の上から降ってきて、恐る恐る顔をあげる。

「どうして、文子さんは、僕なんかに、自分の苦しみを教えてくれるの」

——優しい目をしているから。

言いかけてやめる。

それは、身体的な特徴で、はる君だけではなくて森田君にもあてはまるかもしれないから、理由にするにはふさわしくない気がした。

それに、一番の理由は違う。

はる君が嫌な思いをしてしまったらと怖くなりながらも、口を開く。

「……似ていると、思ったから。似ていることが、嬉しいの」

私の返事に、はる君は、驚いたような表情を浮かべた。

「ごめんね。……困るよね、そんなこと言われても」

「違う。……僕と、文子さんは似てないよ。何度も言ってるかもしれないけど、僕は、本当にだめだから」

「そんなこと、ないよ」

「そんなことあるよ」

そう言って、はる君は目を伏せた。

自信の欠片もない。

マイナスの気持ちばかりを、私たちは、吐き出し合っている気がする。

はる君は、本当に森田君とは大違いだ。

今日、何度も思ったことを改めて思う。

にこにことは笑わない。同じ姿かたちなのに、だんだんと別人のように見えてきていた。表情や姿勢ひとつでこんなにも変わるのかと驚く。

文子さん、と名前を呼ばれ、はる君に目を向ける。

はる君は、目の端に皺《しわ》をよせて、穏やかな表情を浮かべていた。

その瞬間、あ、と思う。

なぜか、その表情には見覚えがあった。

なんだろう。すぐには、思い出せない。でも、私はその表情を見たことがあるような気がした。

頼りない記憶を探る。

だけど、探り当てる前に、はる君が話し出した。

「……人を傷つけることに鈍感であるよりは、敏感である方がいいんじゃないかな。でも、鈍感な方が生きやすくはあるんだろうなって思う。……傷ついてばかりいる人が、等しく、誰かを傷つけない人、ではないだろうけど。傷つけることに敏感《びんかん》な人が、傷つくことにも敏感であることは、確かな気がする。色んなことを傷とみなす分だけ、生きづらくは、なると思う。小さな傷を癒すのにも、たくさん時間がかかるだろうし。……僕が、陽や文子さんよりも、この世界を知らないだけかもしれないけど、そう思うよ」

「うん」

「……だから、というわけでは全くないけど、自分が傷つきたくなかったら、傷つくことから、逃げてもいい、気がする。やり方も程度も、ひとそれぞれだとは思うけど、誰だって、自分を傷から守って、生きてるはず、だから」

他人の言葉で許されることなんてない。

だけど、ほんの少しだけ、私は、許された、と思ってしまった。

目の奥が熱くなりかける。

それを誤魔化すために笑いたくはなくて、ありがとう、とだけ伝えた。

何度も言いたかった。だけど、一度だけにした。

それから、私とはる君は、また他愛《たあい》もないことを話し合いながら、ネモフィラ畑を一周した。

最初は、まるで海のようだと思っていた場所だけど、途中から、湖のように感じていた。果てのある、ひっそりとしたところ。はる君の瞳の優しさと同じ。

優しさは、美しさと似ているんだね。

今まで、私、そんなこと、知らなかった。

昼時になって、ネモフィラ畑をあとにする。

駅に戻る途中で、蕎麦屋の看板を見つけた。

はる君が手紙でお蕎麦が好きだと言っていたのを思い出し、勇気を振り絞って、

「お昼はここにしたい」と、自分からはる君に伝える。はる君は、私の言葉に少し驚いたような表情を浮かべていたけれど、少しの間をおいて、「……僕も、ここがいい」と頷いてくれた。

蕎麦屋の暖簾《のれん》をくぐると、出汁《だし》のいい匂いがした。

私とはる君は、一番隅っこの小さなテーブルに向かい合って座って、はる君はおろし蕎麦を、私はざる蕎麦を注文した。

私は別に、お蕎麦が好きなわけではない。だけど、はる君が喜んでくれたら、それでよかった。はる君が、ネモフィラ畑に行ったのと同じようなことだ。

注文してから数分後には、美味しそうなお蕎麦がそれぞれの前に運ばれてくる。ちらりとはる君を見たら、笑ってはいないけれど、目をきらきらとさせていて、私も嬉しくなった。

「……陽も、好きなんだ」

「え？」

「陽も、僕と同じで、蕎麦が好き」

そう言って、はる君は控えめに蕎麦をすする。

もう一人の自分。森田陽君とはる君。

どうやって身体の中で繋がっているのかは分からないけれど、好みが同じになることはあるみたいだ。そういうのは、どんな風に決まるのだろうか。

「……混乱させたなら、ごめんね」

「ううん。……私も、ごめんなさい。いま、変な顔、しちゃってたかも」

「いや、僕が突然、陽の名前なんて出すから。……もし、文子さんが知りたくなかったら、申し訳ないけど、」

「ううん」

「……勝手に、説明すると……僕と、陽は、たぶん、初めは好みが同じで、少しずつ、変わっていった気がする。……考え方が、違うから。でも、同じところもあって、だから、好き嫌いが重なることがある。蕎麦が好き、とか、恋愛映画が嫌い、とか。そんな、感じに」

「……そうなんだ」

「怖がらせてたら、本当にごめん」

今はもう、はる君のことに対しての恐怖なんてみじんもなかった。

「怖くなんて、あるわけないよ」とはる君に伝えたら、はる君は、安心したように息を吐き、また静かにお蕎麦をすすった。

お蕎麦を食べ終えた後は、隣町の大きな川沿いを二人で歩いた。

口数は、そんなに多くない。だけど、楽しかった。森田君ではない。はる君といるのが、楽しいと思った。

初めて会ったのに、彼の隣は、落ち着くのだ。

歩いている途中で少し疲れてしまって、河川敷《かせんじき》に座って一休みした。

しばらく黙ったまま、せせらぎと遠くの橋を渡る電車の音に、耳をすませていたけれど、はる君が、恐る恐るといった風に、話し始める。

「……文子さんは、自分が思っているより、いい人だと思うよ。僕に、そんなことを言われても、嬉しくないかもしれないけれど」

突然そんなことを言われるとは思わなくて、驚いた。

少し居たたまれない気持ちになる。私は、誰かに褒《ほ》めてもらえるような人間じゃない。「……ありがとう」と返事をした自分の声が、すごく情けないものになってしまう。

「でも、私は、臆病で、……イエスマンだから。私の、傷つけたくない、って、きっと、偽善《ぎぜん》なの」

そう言った瞬間、はる君が、申し訳なさそうに顔を歪《ゆが》めたから、ああ、まずい、と思った。

油断していた。気を抜いたらいけないのに。棘は、どこにでも潜んでいる。

はる君は、森田君と記憶を共有しているんだった。

前に私に「イエスマン」と言った森田君。嫌味のようになっていたら、どうしよう。

はる君は何も悪くない。それに、森田君だって、悪くなかった。

だって事実だから。

イエスマンでいる私が悪いだけだ。

はる君に謝ろうと、口を開く。だけど、その前に、「そんなことを言う人間が、だめだから。……文子さんは、僕に謝ることなんて、ないよ」と言われて、中途半端に頷くだけになった。

やっぱり、はる君は、森田君が私にそう言ったことを知っているみたいだ。

「……だけど、私は、断れないから。イエスマンで、合ってると、思う」

保志文子は断らない。

それだから、今、はる君の隣にいる。断っていたら、今、はる君と話してなんていない。イエスマンだから、あなたの隣にいる今がある。

そう思うと、少し複雑だった。

「……誰かを都合よく思う気持ちは、全否定できないけど、それを正当化して、傷つけることに鈍感なままでいるのは、だめだと思う。……文子さんが、それを許す必要なんて、ない。誰かに都合よく利用されるだけの存在でい続けるのは、苦しいよ」

お蕎麦を食べていた時にはる君が言っていた、「考え方の違い」ってきっとこういうところなのだろう。

はる君の考え。私は、森田君の価値観をよく知りはしないけど、はる君の考え方が好きだ、と思う。

それからもはる君は、薄暗い表情で私がイエスマンだと言われていることについての文句をぼそぼそと言っていた。

前に、私に『保志さんは、イエスマン、だから』と告げた人と同じ顔で、全然違う表情を作りながら控えめに怒っている姿が、おかしいなと思いながらも、はる君の怒りに、私は嬉しさを感じてしまっていた。

日が傾く少し前に、朝、待ち合わせをした駅で、私とはる君は別れることになった。

朝の時点ではすごく緊張していたのに、今はもう帰るのが名残惜《なごりお》しいとさえ思っている。自分の感情が、新品みたいにきらきらしているのが、少し怖かった。

改札へ行く前に、切符売り場の隅のあまり人目につかないところで、私とはる君は向かい合った。

躊躇いがちにはる君が唇を震わせる。私はじっとその動きを見ていた。

「……また、手紙、書いてもいい？　学校では、会えないから」

「……うん、私も、書く」

「うん。ありがとう。ごめんね。……それ以外も、全部。文子さん、ありがとう」

じゃあ、と、はる君の唇が動く。

だけど、それにかぶせるように、私は、するりと言葉を滑らせてしまった。

――「はる君。また、会いたい」

言ってから、気づく。

自分が、今、本当に強く、そう思っていることに。

恥ずかしくなって、本当に咄嗟に俯いてしまったけれど、返事がないからだんだんと不安になってきた。言ってしまったことを後悔する気持ちが、じんわりと膨らんでいく。

言わない方がよかったかもしれない。

そうだ。言葉はいつもそういうものだ。

迷惑に思われていたら、無理を言っていたら、どうしよう。自分だって、こんなことを言ってしまうなんて、思わなかった。

だけど、紛れもなく、自分の口から出た言葉だった。

うるさい心臓の音は、駅の雑踏《ざっとう》に紛れてくれない。

恐る恐る、顔をあげると、はる君は、少し悲しそうな表情を浮かべていた。

やっぱり迷惑だったのかもしれない。最後に、間違えてしまった。

謝るために、お得意のへらへらとした笑顔を作りかける。だけど、はる君が、悲しそうな顔に少しの優しさを滲ませて頷いたから、私は無理に笑うのをやめて、彼を見つめた。

「……なるべく、頑張りたい」

「……へ、」

「僕も、文子さんに、また、どうしても会いたいから。なるべく、頑張る」

嬉しくて、返事ができずにいたら、はる君は、「ありがとう」と言って、口角をふんわりとあげた。

あ、と思った時には、もう、彼は私に背を向けて、改札の方へ向かってしまっていた。私は、ありがとうも、さようならも、言えなかったけれど、それどころではなかった。

――はる君が笑った。

そっか、笑うのか。怯えたようにじゃなくて、ふ、と力を抜くように。それが、いつかの日の授業中に見た森田君の無防備な微笑とどことなく似ている気がして、少し、戸惑った。

はる君の後ろ姿はだんだんと遠ざかってゆく。私はその猫背をじっと見つめた。

自分にとってすごく怖いことを、今、自覚している。

最近、手紙を書いている間にも、何度か思いそうになって、その度に、否定してきた気持ちだった。それがさっき、透明じゃなくなってしまった。

久美ちゃんが鮫島君に向ける気持ちと同じかどうかは分からない。

だけど、私は、はる君という存在に、好意、のようなものを抱いているのだと思う。

久美ちゃんや他の人たちとは違う。自分から、ほんの少し、心を近づけようとしてしまう。それにうまく抗《あらが》うことができない。

たった一度会っただけなのに、今、私の中で、そういう存在として、はる君がいる。

間違えたくない。傷つけたくない。傷つけられたくない。

だけど、傷つけ合わないと信じて、慎重に、触れてみたい。

猫背の後ろ姿は、振り向かないまま改札の向こうに消えていった。

私は、残念に思っていた。

月曜日、教室にいるのが森田君であることを。そんな気持ちは森田君に失礼だと分かっているのに。

――「なるべく、頑張りたい」、鼓膜に、はる君の控えめな声の余韻《よいん》が残っているのが、嬉しくて。
もうすでに、寂しくなっている。

4 飛ばない蝶々

はる君と隣町で会った翌週。教室で森田君の声が聞こえる度に、私は気恥ずかしくなってしまって、彼を目に映すことすら、うまくできなかった。

張りのあるきらきらと輝いているような声が鼓膜に触れる度に、少し弱々しい声を思い出す。授業中にだけ、気を抜いて森田君の方に視線を向けると、背筋の伸びた姿が目に入って、猫背の彼は今、どうしているのだろうと考える。

そういうことを繰り返しているうちに、寂しい気持ちが、胸にじわじわと広がっていく。

はる君からは（正確には、森田君が私の下駄箱に入れてくれたのだろうけど）、月曜の朝に手紙をもらった。

土曜のことを感謝する内容で、便箋の下には色鉛筆で青い花が描かれていた。ネモフィラだ。私は、何もかも夢じゃなかったんだ、と再確認して、返事の手紙にネモフィラの花言葉を添えて、森田君の下駄箱に入れた。

こうして、また、私とはる君は文通をするだけの関係に戻った。

森田君は、どこまで知っているのだろう。

あの日の全ての記憶を共有していたとしたら、森田君も全て知っているということになる。それでも、叶うなら、はる君に私が会いたいと言ってしまったことを、森田君は知らないでいてほしいと思った。

あの時の私の心はきっと丸裸に近かったから。教室でいちばん大きな円の真ん中で笑う美しい男の子ではなく、はる君だけが、知っていてくれたらと思った。

それからしばらく、はる君と秘密の手紙の交換だけを続ける穏《おだ》やかな日々を過ごしていたけれど、梅雨《つゆ》が明けて、季節が夏に大きく傾いてきたある日のこと。——ついに、悲しい事件が起きてしまった。

私は自分のことばっかりで、忘れていたのだ。

何もなく終わるはずだった曇り空の水曜日だった。

久美ちゃんは、朝からずっと浮かない顔をしていたけれど、最初はどうしてなのか分からなかった。ようやく異変に気づけたのは、向かい合ってお昼ご飯を食べていた時だ。

いつものように久美ちゃんが楽しそうに話さないから、不安になって、「……ごめんね」と謝ったら、久美ちゃんは首を横に振った。

「なんで、謝るの。何もしてないじゃん」

「……私が気づいてないだけで、何かした可能性もある、から」

「……文子ちゃんじゃないよ」

久美ちゃんが箸を置いて、じっと私を見た。傷ついたような表情を浮かべている。

そこでようやく、私は、鮫島君のことを思い出した。

悪い予感がした。それが外れていることを願いながら、「……どうしたの？」と久美ちゃんに聞く。だけど、願った時点で、すでに砕けているようなものだった。

久美ちゃんが、そっと顔を近づけてきたので、私は耳を寄せる。前とは違う。悲しい息遣いだった。

「……昨日、鮫島君に、振られちゃった」

案の定、予感は的中した。

私は、「……そっかあ」と、気の利かない相槌しか返せなかった。

「鮫島君、彼女、ずっと前からいたんだって」

「……う、ん」

「知っていたら、私、告白なんてしなかった」

久美ちゃんの悲痛な声に、胸が痛くなる。

久美ちゃんは、唇をぎゅっと噛んで、しばらく何かを堪《こら》えるように顔を歪めていたけれど、次第に、目を潤ませ始めた。「……久美ちゃん」と名前を呼んだら、とうとう泣き出してしまう。

「……もう、やだ。また、泣いちゃう。最悪」

そう言って、指の先で涙を拭《ぬぐ》うのを、私は見ていることしかできなかった。

――私のせいだ。

　久美ちゃんは、知っていたら、告白なんてしなかったと言った。告白しなかったら、今、こんなにも悲しまずにすんだはずで、それなら、やっぱり、私が本当のことを言うべきだったのだ。言えばよかった。

　久美ちゃんを泣かせてしまったのは、鮫島君じゃなくて、自分のような気がしてくる。ごめんね、とすら言えないまま、久美ちゃんの背中をさする。胸の中では、後悔だけが大きくなっていく。

　間違えた。私が間違えたから、久美ちゃんが泣いている。

　はる君に手紙でアドバイスをもらったからって、それで安心して、結果がこれだ。

　自分の選択が、人の悲しみに繋がると、もう、どうすればいいのか分からない。

　時々、誰かの悲しみは、全て自分のせいではないかと思ってしまう。元をたどれば、全部自分に行き着くんじゃないかと思ってしまう。

　悲しい自意識が、悪い方へ、悪い方へ、勝手に流れて行く。それは止めようがないもので、気づけば自責の念に完全にとらわれている。

　この場合は、本当に、私のせいだ。

　久美ちゃんの涙をクラスメイトの誰かに見られていたらと心配になって、そっと教室を見渡す。

　だれも、私たちの方なんて見ていませんように、と願っていたけれど、鮫島君とぱちりと目が合ってしまった。

彼は、にぎやかなグループの中で一人気まずそうな表情で、私たちの方を見ていた。振ってしまったから、久美ちゃんが泣いていることに責任を感じているのかもしれない。鮫島君に、気まずい思いをさせているのも、自分のせいのような気がしてくる。

久美ちゃんが洟《はな》をすする音が、すぐ傍でした。

久美ちゃんの方に向き直る。「ごめんね」と、結局、久美ちゃんに対して謝罪の言葉が口から零れ落ちる。久美ちゃんは、「文子ちゃんに、謝られても意味ない」と、涙声で呟《つぶや》いた。頷いたら、心臓はひびわれたように、つきんと痛む。

もう一度だけ、鮫島君の方を確認してしまう。

すると、今度は、鮫島君ではない男の子が一人、じっと私たちの方を見ていた。

――森田君だ。

笑っていなかったから、一瞬、はる君かと思ってしまった。

そんなはずはない。表情には弱々しさも翳りもなかった。

視線を逸らすタイミングを失ってしまっていたら、彼は、ゆっくりと微かに首を横に振った。

「……っ、」

それは、まるで、大丈夫だ、と言っているみたいな動きだった。君のせいじゃない。

そういう意味がこもっているように私には思えてしまった。

だけど、きっと、気のせいだ。自分が許されたくて、そう思ってしまっただけにきまってる。第一、はる君は秘密にすると言ってくれたから、森田君は、久美ちゃんの事情は知らないはずだ。

昼休みが終わる頃には、久美ちゃんの涙はおさまったけれど、最後まで、悲しそうな顔のままだった。

辛いはずなのに、私に笑顔を見せようとするから、笑わなくていいよ、と言いたかったけれど、そんなことも、私は、言えなかった。


放課後になって、園芸部の花壇に水やりに行く。

本当は、別の人が担当の曜日だ。だけど、「変わって」と頼まれたから、引き受けた。

今日も、私は断れない。

いいよ、と言った後に、河川敷ではる君に言われた言葉を思い出したけれど、その時には、すでに、私に頼んできた人はどこかへ行ってしまっていた。

ジョウロを傾けて、花壇の隅から順に水を降らす。

ペチュニアとカラー。曇り空の下では、花の鮮やかさもあまり本領を発揮しない。

いや、花が霞んで見えるのは、きっと自分の心が薄暗い灰色に染まっているからだ。

久美ちゃんのことを考えていた。

恋は、怖い。今も、久美ちゃんが、また思い出して泣いていたら、と思うと、苦しかった。鮫島君は、恋人と笑い合っているのだろうか。

だれかの不幸せと幸せが重なる現象がこの世界ではいっぱい起きていて、それは、はる君が手紙で書いていたような、感動的なものに涙する人たちが、平気で悪意をもててしまう事実と少し似ている気がした。

水やりが花壇の半ばにさしかかったところで、不意に、ケラケラと笑い合う声が聞こえて、その声の方へ顔を向けてしまう。

目に映ったのは、複数の男の子たちがベランダではしゃいでいる姿だった。自分の教室のベランダだ。その中には、森田君もいた。

クラスでも影響力のある人たちが、ベランダの手すりに肘をついて、談笑している。

私の方を見ている人なんて、誰もいない。

そっと、視線を戻して、水やりを再開する。だけど、楽しそうな笑い声が耳に届く度に、だんだんと怖くなってくる。

本当に私は自意識が過剰だ。

分かっている。そういう、過剰さは恥ずかしいものだということも。

それでも、集団で笑い合っていて、その視界に入りそうな存在が自分だけである時、自分が見つかってしまったら、何かこっそりと嫌なことを言われるんじゃないかと思ってしまう。自分のことなんて話題になるはずがないと分かっていても、悪口を言われたり、笑いのネタにされたりするんじゃないかって。

どうして、そんな風に思ってしまうのかは分からない。ずっと昔から、そうだった。自分の弱さや情けなさが、本当は、みんなにも全部透けていて、何かの拍子に、それを馬鹿にされるような気がする。そのことが、本当に、怖い。

なるべく息を潜めて、花壇の水やりを続ける。しばらくすると、笑い声は止み、人の声も聞こえなくなった。緊張が少しだけ解けて、私は、恐る恐る、顔をあげた。

もう、誰もベランダにはいないのだと思っていた。

だけど、そこには、まだ一人だけ残っていた。

円の真ん中で笑うかっこいい人だ。さっきは誰とも目が合わなかったのに、今度はしっかりと、その一人と視線が絡む。

森田君が、ベランダに肘をついて、じっと私を見下ろしている。

目が合った瞬間に、彼の口角が綺麗にあがる。それで、よ、という風に、手を振ってきたものだから、驚いた。

おずおずと頭を下げて、もう一度見上げたら、森田君の唇が、ゆっくりと動く。

何を言っているのか、しっかりと読み取れてしまったから、私は、頷かざるを得なかった。

さっきまで後悔とか不安とか灰色の気持ちばかりが蠢《うごめ》いていた自分の中に、どうして、とシンプルな疑問が生まれる。私が頷いたらすぐに、森田君は、ベランダから消えてしまった。

〝そこで、まっていて〟

確かに、森田君は、そう言った。そこ、とは、恐らく、花壇のこと。

水やりを終わらせてしまわなければと思って、急いで残りの花壇に水をやる。降り注ぐ水によって、小さく揺れる花びらを見つめながら、身体が強張っていくのを感じた。

水やりを済ませてからも、まっていてと言われたから、倉庫へ空になったジョウロをしまいに行くこともできず、しばらく私は、なるべく人目の付かない中庭の隅でじっとしていた。

「文子さん」

不意に、後ろから名前を呼ばれ、身体が跳ねる。

〝文子さん〟、そう呼ぶのは、森田君じゃない。

まさか、と思って、振り返ると、中庭に隣接する教室の窓から、さっきまでベランダにいた人が顔をのぞかせていた。

文子さん、と言った。だけど、目を細めて、にこにこと笑うその表情は、どう考えても森田君のもの。

なんて返事をすればいいのか分からず、おどおどしてしまっていたら、「はは、保志さん、驚きすぎだろ」と、彼は窓に手をついて身を乗り出すような体勢をとった。

「文子さんって呼んだ時の、保志さんの反応が見てみたくて」

「……ごめんね。気の利いた反応、できなかった」

「いや、俺がからかっただけだし、反省するなよ」

「…………」

「相変わらず、はると仲良くやってくれてありがとう」

それを、改めて言いに来てくれたのだろうか。

「私の方こそ。……ありがとう」と返事をしたら、森田君に手招きされる。恐る恐る、校舎に近づく。そうしたら、彼は少しだけ声のボリュームを下げて、「仕方ないからな」と言った。

「え」

「鮫島と有賀《ありが》さん」

「……どうして、」

有賀とは久美ちゃんの名字だ。

どうして、森田君がそのことを知っているのだろうか。はる君は、記憶を共有しないと言っていたはずだ。

「……はる君に、聞いたの？」

「はる？　はるは別に関係ないだろ。鮫島に聞いた。別に、鮫島、言いふらしてるわけじゃないよ。たまたま、有賀さんが告った後に、俺と会ってそういう話になっただけだから。有賀さんが今日の昼、泣いてたし、どうせ、保志さんも、落ち込んでるんだろうなって思って」

どうせ。私にとっては棘みたいな言葉だった。

だけど、へらりと笑って、首を横に振る。

落ち込んではいる。だけど、森田君に見透かされていると思うと、恥ずかしかった。

やっぱり、私の弱さや情けなさは、透け透けなのだろうか。隠せない自分の未熟さにうんざりする。

「……はる君は、知っているのかな」

記憶を共有して感じ取ってしまったら、私と同じように落ち込んでしまうのではないかと思った。きっと、彼はそういう人だ。なにも悪くないのに、私が相談したばっかりに、悲しい気持ちにさせたくはない。

森田君は、首を傾げて、「どうだろうね」と言う。

「はるは、俺の記憶で、それを知っても、知ったってことを保志さんには伝えないと思うよ」

「……そっか」

「保志さん、今、はるに会いたい？」

森田君の声が、鼓膜に触れた瞬間、ぱちんと弾けた。

それが答えだった。答えだと自覚した瞬間に、顔が熱くなって、へらりと笑うこともできなかった。

そんな私に対して森田君は、「……そんな顔するとは思わないじゃん。冗談だよ」と言って、苦笑いを零《こぼ》した。

「でも、はるは、保志さんに会いたいよ。俺がいるから、今はそれがかなわないけど」

「………」

「俺とはるのこと信じてくれて、はると仲良くしてくれてる保志さんにだから言えるけど、はるは、生まれた時から、もうずっと、可哀想なやつでさ」

「そんなこと、」

言わないでほしい。なんて、私が言うことではない。

言葉を最後まで吐き出す前に、踏みとどまれてよかった。そう思いながらも、首は横に振る。

「……森田君は、はる君のこと、やっぱり、すごく詳しいんだね」

「そりゃそうだろ。お互いに隠すこと以外のほとんどを知っているし、感じてるからな。……今更だけど、気持ち悪い？」

「まさか。……そんなこと、絶対にない」

むしろ、ほんの少し、羨ましいとさえ思っていた。

はる君は、今、森田君の身体の中でどうしているのだろうか。眠っているの？　いないということになるの？

部屋が入れ替わる感覚と似ていると言っていた。じゃあ、別の部屋から、私と森田君が話しているのを感じているのだろうか。どんな部屋？　そこは、薄暗い？　はる君である時、森田君もそこにいるの？

疑問符がたくさん飛び散って、私はひとつも捕まえられないまま、俯いた。

森田君は、ふ、と息を吐き出すように笑って、「脱線したけど、とにかく、鮫島のことは、保志さんが気にすることじゃないから」と言った。

「だって、蝶のはばたきで、台風が起こるくらいだからな。バタフライ効果って、保志さん知ってる？」

「……一応、知ってる」

「蝶は、思わないだろ。自分がはばたいたから、台風で、どこかの誰かが傷ついたなんて。キリがないじゃん。逆に言えば、この世の中ってさ、全部繋がってるんだと思うよ。自分のせいじゃないことなんて、ひとつもない。みんな、ちょっとずつ、見逃してるんだよ。見逃しても、いいんだと思う。はると保志さんはあれだよな。鈍さは、悪だと思ってるだろ。二人のやりとり、知ってて、ごめんな。でもさ、繊細《せんさい》でいすぎることだって、傲慢《ごうまん》だよ。はるも、そういうタイプで、いつも、自分が台風を起こした蝶だと思ってる。可哀想なやつだよ」

軽い口調で、そんなことを言わないでほしいと思った。

クラスの中心にいる人には、きっと、分からないだろう。

ひび割れるような痛みに襲われながらも、「そう、だね。ごめんね」と、情けない返事をする。

「保志さん、今日の昼、自分のせいだって顔してたね」

「……森田君にそう見えてしまったなら、ごめん」

「なんで、謝る？」

「申し訳ない、から」

「なにが？　俺に、保志さんが何かしたの？　そうやってすぐ謝るのは、癖？」

ああ、今、泣けと言われたら、泣けてしまう。

何かに、追い詰められている。何かって、森田君だ。

彼は、相変わらず、笑っている。その前で、私はどんな顔をすればいいのだろう。

へらへらと笑っても、全て見透かされてしまうような気がした。

だけど、どうして、こう責められてしまうのか。やっぱり、私が悪いからなのかな。

でも、何が？　一体、私が何をしたというのだろう。

何に、申し訳なさを抱いているのか、よく考えたら、私は、全然分かっていない。

「……分からなくて、ごめんなさい」

「やだ。もう、謝るなよ」

「……う、ん」

「蝶が、もし、台風で誰かが傷つくのが嫌だってなって、飛ばなくなったら、死ぬよ。はばたいて飛ばないってことは、食べ物をとりにいかないってことで、もう、そいつは、餓死《がし》するしかないだろ」

「…………」

「保志さんも、全部、自分のせいだと思って、傷つきにいかない方がいいよ。その思考は、保志さんを守ってくれないだろ。それに、保志さんが死んだら、はるが、悲しむから」

森田君は窓から手を離して、一歩後ずさった。距離が離れて、少し安心する。悲しむから、と言う声の余韻が重くて、なんだかんだ、森田君ははる君のことをとても大切に思ってるんだ、と私は感じた。

森田君が、「それだけ。じゃあね」と言って、教室を出ていこうとする。私は、慌てて、「うん、ばいばい」と、その背中に声を返した。

姿勢のいい後ろ姿が、消える。それで、ようやく身体から力を抜くことができる。

今すぐ、猫背のはる君に会いたくなった。

どうか、久美ちゃんと鮫島君のことを知って、はる君が悲しみませんようにと願う。願いながら、隣町で会った日に見たはる君の控えめな笑顔を、私は、必死に思い浮かべていた。

久美ちゃんは、次の日にはもう、前と同じように笑っていて、お昼休みも、たくさん他愛ない話を聞かせてくれた。時折、悲しそうにはするけれど、少しずつ回復しているみたいで、久美ちゃんのことに対する胸のつかえは取れていった。

だけど、平穏を保てていたのも束の間のことで、また別の不安が私の中には生まれていた。

はる君からの手紙が、一週間、届かなかったのだ。

窓を挟んで森田君と言葉を交わしたあの日から、森田君の方に視線を向けることができなくなった。怖かった。見透かされることも、台風を恐れる蝶のように思われることも。

だけど、それよりも怖かったのは、はる君のことだった。

私の書いた手紙の内容のどこかにはる君を傷つける要素が含まれていたのではないか、という恐れが、返事の届かない日々の中で膨らんでいった。

手紙は、口から出す言葉よりも、たくさん時間をかけられる分、いいと思っていた。だけど、一度、自分の外に出したものを戻すことができないという意味では、書く言葉も話す言葉も同じだ。

一度人に与えてしまったものは、もう自分のものではない。後で、やっぱりしまっておけばよかったと思っても遅い。それが、言葉というものだ。

返事がないことに、不安と後悔が募っていく。朝、封筒が入っていることを願いながら下駄箱を開いて、ただ靴だけが並べられている空間に、落胆する。

もう来ないのだろうか、と思った。

たったの一週間届かないだけで、大げさかもしれないけれど、今まではる君からの返事が二日以上あいたことはなかったから。

だけど、悲劇の真ん中にいるような気分になりかけていたところで、ようやく、返事がやってきた。

私が最後に森田君の下駄箱に手紙を出してから、十五日後の朝だった。

封筒を目にした瞬間、誰に見られているか分からないのに、下駄箱のところで私は思わず、頬をゆるめてしまった。

急いでトイレに向かって、一番奥の個室で手紙を開く。はる君の文字を、久しぶりに目に映すと、嬉しさのあまり、胸が苦しくなった。

＊

保志文子様

遅れてしまい、本当にごめんなさい。

なかなか、手紙を書くことができませんでした。

お元気ですか。

僕は、文子さんと、花を見に行ったことや、蕎麦を食べたことを、夢に見ます。僕の夢なのか、陽の夢なのか、分からないけど、僕は、その夢を見る度に、また、文子さんに会いたくなって、そう思っているうちは、今は僕であると信じられて、安心できる。

ややこしいことを言ってごめんね。

それで、今日は、文子さんに、またひとつ言いたいことがあって、陽と入れ替われたチャンスを逃すわけにはいかないから、この手紙で伝えようと思いました。

もうすこしで、林間学校があると思うのだけど、僕ら、夜に、会えないでしょうか。キャンプファイヤーの時に、どうですか。

少しでも嫌だったら断ってください。僕のことは考えなくていいです。

ただ、僕は文子さんに会いたくて。その気持ちが、文子さんに伝わっているなら、それで、もういいから。前に会った日に、文子さんが僕にまた会いたいと言ってくれて、僕もいま、調子に乗って、会いたいと書いてしまっています。

ああ、違う。文子さんのせいにしているわけではないんです。

相変わらず、僕は、あなたへの手紙を書く時、ボールペンを選んでしまって、だめです。それでも、またこうして手紙が書けて嬉しい。

すごく遅れてしまった分際で、言えたことではないけれど、返事、待っています。

暑い日が続いているようですが、どうか、ご自愛ください。

はる

＊

私が傷つけてしまったわけではなかった。

そう思ったら、一気に力が抜けて、手紙を持ったままその場にしゃがんでしまいたくなった。

相変わらず、はる君の手紙はとても丁寧な字で書かれている。

はる君の手紙で、林間学校の存在を思い出した。すっかり、忘れていたけれど、二週間後のことだ。

いつもであれば、行事ごとは、とにかく何も嫌なことが起きませんように、と願うだけで、あまり楽しもうという気持ちになれたことがなかった。

林間学校も、自分にとってはそういうものだったけれど、手紙を読んで急に、楽しみになってくる。その単純な気持ちの移り変わりが、怖かった。だけど、わくわくする気持ちに、どう抗えばいいのか分からなかった。

夜に会うことなんて、できるのかどうか分からない。誰かに見つかってしまったら、とか、そもそもどこで会うつもりなのか、とか、不安なことは、考えれば考えるだけ出てきてしまう。

だけど、私も、会えるなら、会いたい。

そう思ったから、手紙をもらった次の日の放課後、森田君の下駄箱に、はる君の提案を了承する内容の手紙を入れた。

手紙が来ると嬉しくて、無数の不安要素を抱えながらも会いたいと思ってしまう。すでに、似ている、の四文字は、とっくのとうに飛び越えていた。だけど、それが何であるのか。

正しく説明できる言葉が、自分の中にはまだなかった。

5　カレーと本音

窓の外の景色が変わっていく。雑多《ざった》な街の風景はいつの間にか遠のいて、バスは今、自分たちの住む場所から少し離れた森へ向かおうとしていた。

一泊二日の林間学校。昼前には、山の麓《ふもと》に到着する予定だ。

緊張していた。早く夜にならないかなと思う気持ちと、夜になったらどうすればいいのだろうかと戸惑う気持ちが、バスと共に揺れている。

直近のはる君の手紙には、〝宿舎の裏で待ち合わせをしたいです〟と書かれていた。

まだ、朝なのに、夜になった時のことばかり考えてしまう。

窓に額をつけて、そっと息を吐きだしたら、隣から、「文子ちゃん、酔っちゃったー？」と、久美ちゃんが聞いてきた。バスの座席は自由に決めることができたから、私と久美ちゃんは当然のように一緒に座った。

慌てて、否定して、へらりと笑う。

「久美ちゃんは、大丈夫？」

「私は、酔わないから平気。てか、後ろ、うるさいね。はしゃぎすぎ」

「……元気だねえ」

私と久美ちゃんは前の方に座っている。

確かに、学校を出発した時からずっと、後ろの方は騒がしかった。いつも教室にある一番影響力のある円が、そのままバスの後部座席に移っただけのことだ。

はしゃぐ声が絶え間なく聞こえている。

久美ちゃんが振り返ったから、私も背もたれの隙間から、そっと後ろを窺う。後部座席の真ん中にはやっぱり森田君がいて、丁度、誰かの発言に笑いながら言葉を返していた。

今日も今日とて、森田君はみんなの中心で、何一つ不自由を感じずに、幸せそうにしているように、私には見える。

宿泊予定の宿舎の前でバスが止まる。酔いかけていたけど、バスの外に出れば新鮮な空気に包まれて、すぐに気にならなくなった。

到着してすぐに、宿舎の近くの広場で昼食をとることになった。久美ちゃんと二人、広場の隅に場所をとって、お昼ご飯を広げる。

森は、開放的な空間だ。教室よりも、居心地の良さを感じる。きっと、自分が誰かに見られているという恥ずべき自意識が、広い場所では薄れるからだと思う。

サンドウィッチを頬ばりながら、周りを見渡す。この広場で夜になったら、キャンプファイヤーが行われる予定だ。その時に、私はこっそりと抜け出して、それで——。

果たして、本当に、そんなことができるのだろうか。

わくわくしているけれど、不安も大きい。

それでも、リスクを抱えてまで、何かをしようという気持ちになっているのは、相手も、リスクを避けたいはずなのに、それを抱えたまま、自分に会いたいと言ってくれていることを分かっているからだった。

はる君とこっそり会う。

当日になったら、萎《しぼ》んでしまうかと思っていた勇気は、今も胸の中でしっかりと息をしていた。

「文子ちゃん」

「……うん？」

久美ちゃんの声に、慌てて意識を現実に戻す。

久美ちゃんは唇を尖らせて、「なんか、ぼーっとしてる」と、少し不満げに言った。

折角一緒にいてくれているのに、退屈にさせるなんて、だめだ。一度、夜のことは忘れようと決めて、「ごめん」と謝った。

「具合悪いわけではないんだよね？」

「逆に、空気が美味しいなあって思ってたところだよ」

誤魔化すための嘘に罪悪感を覚えることが、いつの間にかなくなっていた。自衛のしすぎなのだと思う。守れば守るほど、耐性がなくなって、次第に弱くなっていってしまうのに。

へらりと笑ったら、久美ちゃんは、「虫がいすぎて、空気どころじゃないけどね。

本当にやだ」と言って、溜息を吐いた。

「それに、私たち、オリエンテーリングもその後のカレー作りも、一緒の班になれなかったね」

「うん。……一緒がよかった」

「まあ、くじ引きだし、仕方ないけど。私、鮫島君となったらどうしようって、ひやひやしてた。気まずいじゃんねー」

「たし、かに？」

最近の久美ちゃんは、鮫島君のことで悲しい顔をしなくなった。

きゅるんとしたツインテールは相変わらず。今日は林間学校だから特別なのか、洒《しゃ》落《れ》たワインレッドのリボンで髪を結んでいる。

可愛くて、久美ちゃんによく似合っているけれど、伝えるタイミングをつかめなくて、まだ言えていない。

「私の班は、森田君とかいるし、楽しくはなりそうだよ。いつも周りに人がいて、あんまり近づけないし」

「え、」

「うん？」

思わず反応してしまったけれど、慌てて首を横に振る。

「なんでもない。……久美ちゃんが、楽しんでくれたらいいなと思って」

「なにそれー、いい人。文子ちゃんも、楽しんでね」

うん、と笑って頷く。

気を抜いたらだめだ。森田君、という単語が出てきただけで、いちいち心臓を跳ねさせていたら、怪しまれてしまう。

「ていうか、それで思い出したけど、最近、里香《りか》ちゃん、森田君に告白したんだって。本人からじゃないけど、噂で流れてきた」

久美ちゃんがおにぎりを食べながら、何でもないことのように、そう言った。広場は教室の何倍も広くて、普段ならば声を潜めてするような話も、普通の声量でできてしまう。

里香ちゃんと聞いて、思い浮かぶのは、クラスメイトの島本《しまもと》里香さんのこと。お洒落な人で、彼女も森田君と同じく、いつもみんなの真ん中にいるようなタイプだ。

「そう、なんだ」

「振られたらしいけどね。もともと、森田君が恋愛しないって分かってたうえで、告白したみたいだし。それにしても、気まずいは気まずいよねー。あそこ、同じグループって感じだし」

「……たしかに」

「でも、今日もバスの中で、里香ちゃんと森田君、普通に話してたよね。私だったら無理かも。森田君ってみんなに同じ態度だし、気まずくならないようにするんだろうなあ。里香ちゃんも、そういうタイプだよね」

精一杯、平常心を保ったまま、久美ちゃんの話に相槌を打つ。

「そもそも、森田君って、人のこと好きになるのかな？」

「……うん？」

「いや、なんか思うんだよね。恋愛とか関係なしに、誰かのことを特別に好きだって思うのかなあって。森田君って博愛って感じがするの。分け隔てなく、みたいな。でも、それって、誰のことも好きじゃないのと変わらないじゃん。それと比べると、鮫島君は、人のことを好きになる感じじゃん。クールだけど、この人は、みんな平等じゃなくて、不平等に他人を好きになれる人だって、思ったもん。それって、大事なことでしょ。……文子ちゃん、伝わってる？」

「なんと、なく、分かるかな？」

嘘。本当は、全然分かっていない。

でも、久美ちゃんに差し出せる意見はなかったから、同意しておいた方がいいと思った。

遠くの方に、森田君がいる。その近くには、島本さんもいて、気まずさなんて何も感じられない。

「森田君は、みんな好きで、みんな好きじゃなくて、それで、オッケーってタイプだよ、きっと。ザ・ムードメーカーだけど、何においても達観《たっかん》してるっていうか」

久美ちゃんが、森田君のことをそんな風に思っていたなんて、今まで知らなかった。久美ちゃんの言葉には、別に冷たさも温もりも感じなくて、ただ単純に、彼女がそう思っているだけなのだと分かる。

達観している、という部分だけ、分かる気がして、「そうだね」と頷く。

「まあ、どうでもいいんだけどね」と久美ちゃんが笑って、森田君の話題は、あっさりと終わった。


お昼ご飯を食べ終えたら、久美ちゃんとは別れて、オリエンテーリングで同じグループの人たちのところに向かった。

久美ちゃんには、わざわざ言わなかったけれど、私の班には、鮫島君がいた。あとは、クラスメイトの浜本《はまもと》さんと吉岡《よしおか》さんだ。

何も嫌なことが起きませんようにと、また弱気なことだけを思っていた。

オリエンテーリングでは、森の中のいくつかのスポットを各班ごとにめぐる。いたるところに数字がはりつけられた木があって、そこに辿り着いたら、各班に一つ渡されているオリエンテーリング用のメモ用紙にチェックを入れていくのだ。

メモ用紙と鉛筆をもって、三人の後ろをついていく。

浜本さんと吉岡さんは、二人で並んで歩きながら楽しそうにしていて、私の少し前には、鮫島君がいた。

彼は黙ったまま、時折、木や花をスマートフォンのカメラで撮っていた。

不平等に他人を好きになれる人。久美ちゃんは鮫島君のことをそう言ってた。

久美ちゃんが好きだった男の子。

鮫島君の背中を、じっと見てしまっていたら、不意に、彼が振り向いた。

後ろにいるのをいいことに、不躾《ぶしつけ》な視線を送っていたはずだ。「ごめんね」と、咄嗟に謝る。

「え？」

「じっと見ちゃってて、感じ悪かったかなあって。……写真、好きなの？」

「ああ。いや、そういうわけじゃないけど。……彼女と約束してるから。あとで撮った写真見せあおうって感じの」

鮫島君の気まずそうな声に、居たたまれない気持ちになる。彼は、もしかしたら、久美ちゃんを振ったことをいまだに気にしているのかもしれない。

「そうなんだね」、と、当たり障りのない相槌を返したら、鮫島君は、「まあ、センスはゼロなんだけどな」と苦笑いをして、再び前を向いて歩き出した。

恋人と写真を見せあう。恋は怖いけれど、それは、すごく素敵な響きだ。

そこで、どうしてか、はる君のことが頭に浮かんだ。

はる君は、自然の美しさを森田君の記憶から感じるのだろうか。

木漏《こも》れ日や、おかしな形のキノコ。木々の間にひっそりと咲く花、動物や鳥の足跡。森田君が、見落としてしまえば、はる君はそれらを知ることができないかもしれない。

見せてあげたい、と思った。

人のために何かをしたいと思うことは、いつだって、怖い。それでも、はる君のために、写真を撮りたいと思った。

こっそりとスマートフォンを取り出して、三人の後ろを歩きながら、自分がいいと思ったものを写真におさめる。

何も嫌な思いをさせたくないし、したくない。写真を撮りながら山道を歩いているうちに、そんな後ろ向きな思考はいつの間にか消え、はる君のことだけを考えていた。


オリエンテーリングが終わるころには、すっかり日が暮れていた。

夕飯は、各班ごとに広いバーベキュー場のようなところで、カレーを作ることになっていた。

食材はすでに各班の持ち場に置いてあった。

先生の指示を受けた後で、それぞれ、班ごとにカレー作りに取り掛かる。鮫島君は、米を担当すると言って、少し離れた窯《かま》のところへ行ってしまった。浜本さんと吉岡さんと私の三人が、持ち場に残される。

私たちはどうするんだろう、と思っていたら、二人が私の方を向いて、ぱちんと手を合わせるお願いのポーズを取ったから、あ、と思った。

この後の流れは分かっている。何度も経験してきた。

だけど、今日くらいは免れたかったなと思いながら、「……どうしたの？」と精一杯笑う。

「煮込むのとかやるから、下準備、保志さんがやってくれない？」

浜本さんの声に続いて、「手、汚くなるの嫌なんだよね」と吉岡さんが言う。

私だって、汚れるのは嫌だ。心の中では、そう思っている。

だけど、保志文子は断らない。断れないのだ。イエスマンだから。

呪いのようなレッテルだ。きっと、呪いの力を強めているのは、他でもなく、私自身だ。

はる君、私は、どうすればいいかな。

心の中で、はる君に助けを求めてしまう。

私は、こんな日だって、都合のいい存在で、それ以上でもそれ以下でもない。はる君は、許す必要はないって言ったよね。でも、どう断ればいいんだろう。どうしたら、誰も傷つけないで、やりすごすことができるんだろう。やっぱり、断らずに引き受けるのが一番、他の人も自分も、傷つかなくて済むんじゃないかって、思ってしまう。

「保志さん、そういうの上手そう。家庭的って感じがするし」

「あっちでみんな喋ってるから、ちょっと私たちも混ざってきたいみたいな、ね？」

「保志さん、喋るより料理の方が好きでしょ？」

二人の顔は、絶対に断られることなんてないというような自信に満ちている。

保志文子は断らない。

脳裏《のうり》にはる君の姿が浮かぶ。森田君ではなく、はる君がくれた言葉が、心の中で微かに灯る。

それでも、首は縦に動いていた。

浜本さんと吉岡さんは、すぐに人が集まっているところへと行ってしまう。

一人になってから、遅れて胸の痛みがやってきた。

はる君に会いたい、とますます思う。はる君に会ってから、ないものとしていた心の一部が、また感覚を取り戻しつつある。

自分を大切にする方法を間違えていることへの痛み。気づきたくなった。だけど、はる君と会ったことを後悔する気持ちは一切ない。

玉ねぎの皮をむいて、切っていく。

包丁の音。遠くでは楽しそうにはしゃぐ声。泣くほどのことではない。

だけど、虚しかった。別に、煮込む時にも戻ってこなくていいのに、と思っている。

虚勢を、勝手に傷つけられた心を隠す絆創膏《ばんそうこう》の代わりにしようとしている。

そんな時、俯いていた視界の隅に、誰かのスニーカーがあらわれて、思わず顔をあげる。

そこには、なぜか、森田君がいた。

肩に、ぐっと力がはいる。前に、久美ちゃんのことで落ち込んでいた時に、森田君にかけられた言葉で、自分が泣いてしまいそうになったことを思い出して、怯んでしまった。

彼と言葉を交わして、今日もそんな風になってしまったら怖い。そう思いながら、森田君を見上げる。

「保志さん、他の人、なんでいないの？」

不可解そうに、私に尋ねる声。

そもそも、森田君は、久美ちゃんの班なのに、どうしてここにいるのだろう。包丁を一度まな板に置いて、「頼まれたから」と、慎重に答える。

するると、森田君は、少しだけ眉をひそめて、「じゃあ、俺が手伝うよ」と言った。

「でも、森田君は、森田君の班の、」

「俺は、米の係だから。野菜は、女子が担当するって言って、みんなでやってる」

「そっか。でも、悪いよ。私は、大丈夫。気持ちは、すごく嬉しいです」

「保志さん、俺の班は、みんなでやってるんだよな」

それが普通だということを遠回しに言われたような気がした。

そんなことは、私も十分、分かっている。だから、放っておいてほしかった。手伝う、と言ってくれた相手に対して、最低なことを思っている。

自己嫌悪にかられながらも、曖昧に笑う。だけど、森田君は笑い返してはくれず、また口を開いた。

「鮫島は？」

「鮫島君もお米を担当するって」

ふうん、と森田君が唇を少し尖らせた。

私の班のことだから関係ないはずなのに、森田君は不服そうな表情を浮かべている。一体、何が不服だというのだろう。

はる君なら、絶対に、森田君のような表情はしないだろうな、と思いながら、また包丁を握って、下準備を再開する。

森田君は、隣で人参《にんじん》の皮をピーラーでむき出した。

申し訳ない気持ちでいっぱいだった。だけど、彼に謝ることが怖くて、「ありがとう」とだけ頑張って伝える。

「……保志さんも、ありがとな」

「え？」

「はるのこと」

このあとのことを言っているのだと察する。

今、こうして話している人が、数時間後には、違う人になると思うと、やっぱり不思議だった。久しぶりに、その不思議さを感じていた。

森田君はしばらく私の班の調理場にいて、笑いながら私に話しかけてきた。

彼といるとどうしても平常心が保てなくて、うまく相槌を返せなかったけれど、なんとか会話を続ける。

そうしているうちに、なぜか、浜本さんと吉岡さんが戻ってきた。

まだ、下準備は終わっていないのに、どうしてと思っていたら、「なんで、陽がいるのー？」と吉岡さんが森田君に聞いたから、彼がいるからここに来たのだと気づく。

「だって、保志さん、一人だったし。なんで、誰もいないのー？　って聞いてた」

「あー、なるほど」

「なるほどじゃないだろ。俺、ここの班の、人参、むいたからな」

「なにそれー、陽、ありがとう」

「もう、むかないから。だって、これ、俺の腹にはいんないし」

浜本さんも吉岡さんもケラケラと笑いながら、まだ切られていない野菜に手を伸ばした。手が汚れるのが嫌だと言っていたのに、簡単に。その程度の〝嫌〟だったんだ。

別に森田君は、真剣な顔で説教のようなことをしたわけではない。ただ、笑って、事実を述べただけだ。

浜本さんも吉岡さんも私に頼んだことなんて忘れたかのように、野菜を切っていくから、驚いてしまう。影響力のある人気者は、笑っているだけで望むような流れに持っていくことができるみたいだ。

「保志さん。俺の〝手伝う〟はこういうことな」

森田君は、こっそりとそう呟いて、自分の班へ戻っていった。

今度は、心の底から彼に感謝する気持ちが生まれたけれど、伝えはしなかった。別に、森田君は、お礼の言葉を求めているわけではないと思ったから。

その後も、浜本さんと吉岡さんは、ずっと手伝ってくれた。カレーが出来上がるころに鮫島君も炊けたお米をもって班に戻ってくる。

四人でテーブルを囲んで、カレーライスを食べた。少ししゃばしゃばしていたけれど、美味しくて、歩き疲れた身体にじんわりと沁《し》みていった。

オリエンテーリングの時も、カレーを作っている時も、四人ではまともな会話という会話をしなかったけれど、食べている最中に、浜本さんが、そういえばという風に話し出す。

「昼のオリエンテーリングの時、後ろで二人、めちゃくちゃ写真撮ってなかった？」

「それ、私も思った。カシャカシャしすぎって」

そうだよね、と浜本さんと吉岡さんが、顔を見合わせて笑う。鮫島君は、ちょっと嫌そうな顔をしている。私は、戸惑いながらも、「うるさかったなら、ごめん」とへらへら謝った。

「いや、別に、謝ってほしいとかじゃないけど、なんで？　と思って。鮫島とかキャラじゃないじゃん」

「うるせ。彼女にだわ」

「あー、そういうこと？　てかやっぱり、彼女いたんだ。いきなり、惚気《のろけ》じゃん」

「保志さんは、なんで？」

三人の視線が私に向いて、とりあえず、口の中にはいっているものを咀嚼《そしゃく》してのみこんだ。

なんで写真を撮ったのか。はる君に見せたかったからだ。だけど、はる君のことは、ばれるわけにはいかなかった。はる君にも、森田君にも迷惑がかかる。

「なんとなく?」と誤魔化すように言ったら、吉岡さんが悪戯っぽい表情で口角をあげた。

「彼氏に送るんじゃないの?」

「うっそ、保志さん、彼氏いるんだ?」

「え、待って、鮫島?」

「いや、違うけど。俺の彼女、別のクラスな」

「えー、保志さんの彼氏、誰?」

どうしよう。どうすればいいんだろう。

とりあえず、大げさに首を横に振って、「彼氏は、いない」と伝える。だけど、浜本さんが、かぶせるように「じゃあ、何?」と聞いてくるから、困ってしまった。

はる君のことは絶対に言えない。

後から考えれば、それっぽい嘘なんていくらでも思いついただろうに、この時の私は首を横に振ることしかできなかった。

「……言えない」

「えー、そこは、教えてよ」

ケラケラと笑う声に、もしも傷つけてしまったらどうしよう、と、またいつもの思考に辿り着く。しみついた癖に、支配されている。どうしたら、どうしたら、と頭の中がこんがらがってくる。

教えて、と言われたら、その通りにしなければ、相手が傷つく、と思う。いつの間にか、単純な数式しか浮かばなくなった。

『地獄だ』と言う大切だった人の声が頭の中でまた再生される。

だけど、こればかりは、言うわけにはいかない。

はる君のことを守りたくて、私とはる君と、それから森田君だけの秘密は、誰にも知られたくないと思っている。

大切な存在を守りたいという気持ちと、奇妙な独占欲と、誰も嫌な気持ちにさせたくないという焦り。それらがごちゃ混ぜになっていく。

だけど、不意に、頭の中に浮かんだはる君が頷いて、大丈夫だよ、と言ってくれたような気がした。優しいはる君の声と、澄《す》んだ眼差しを思い出して、身体が軽くなる。

「いやだ。言いたくない」

言葉は、すんなりと口から飛び出していた。

自分の意思を、ちゃんと言葉にしたのはいつぶりだろうか。

保志文子は断らない。

――ううん、今、私、断った。

すぐに、後悔の気持ちが生まれる。

ドキドキしながら、三人の反応を窺う。鮫島君は、あんまり興味がないようで、ぱくぱくとカレーを食べていた。ホッとしながら、浜本さんと吉岡さんの方へ視線を向けると、二人は驚いたような表情を浮かべている。

やはり、気に障《さわ》ったのだろうか。

謝る準備を始めていたら、「初めて聞いた」と、浜本さんが呟いた。

「保志さんが、いやだって言った」

「ね、私も今びっくりしてる。意思、あるんだ」

二人はただ驚いているだけで、怒っているわけではないみたいだった。

「そりゃ、誰だってあるだろ。あんまり人のこと、舐めるなよ」と、興味がなさそうにしていたはずの鮫島君が、横から言葉を発する。

分かってほしいと思っているわけではないのに、分かってくれている人がいるのだと感じて、なぜか救われた気がした。

「……本当は、嫌なの」

調子に乗っている。分かっている。だけど、もう、ここまできたら、言ってしまってもいい気がした。

傷つけないように、傷つけられないように。

「イエスマン、嫌だよ。都合がいいのかもしれないけど、都合がいいって思われたくない。今日も、本当は一緒にカレー作りたかったの。……野菜切るのだって、一緒にやりたかった。でも、だから、途中から一緒に作れて、嬉しかった、です」

言い方を間違えていないだろうか。間違えていたら、間違えていると言ってほしい。

そう思いながら、二人を見つめていたら、浜本さんが、苦笑いをして頷いた。それがどういう気持ちからくる表情なのか、私には分からなくて、怖くなる。

だけど、浜本さんの口から出た言葉は、「ごめんね」で、傷つけ合わずに分かり合えたのかもしれないと思って、堪らない気持ちになった。

「普通に、性格悪いことしてた。そりゃ、イエスマン、嫌にきまってるよね。私もずっと、保志さんのこと、そう呼んじゃってたけど。今、保志さんの口から嫌だって聞けて、そりゃそうだよねって、思った。利用するみたいなこと、平気でしちゃってたよ。ごめんね。……て、これ、ムカつく言い方になってないよね？　なってたら、舌打ちしていいからね？」

「ううん、しないよ。……ムカつくなんて、思わない」

「私は、陽がこの班の人参むいてた時点で、やばいなって気づいたのに、保志さんに謝るのサボっちゃってた。鮫島の言う通りだよ、舐めるなって話。ごめん」

吉岡さんにも謝られてしまって、私はおろおろしながらも頷いた。

私もごめんね、と言うべきかと思ったけれど言わなかった。何がって聞かれたら、答えられない気がしたから。それは、中身のない謝罪だ。この前、森田君に気づかされたことだった。

「謝罪のしるしに、肉をもらってください」、浜本さんがそう言って、自分のカレーから牛肉をスプーンですくって私のカレーに落とす。吉岡さんは、「こちらからは、私は嫌いだけど保志さんは好きそうなピーマンです」と言って、ピーマンを大量にすくって私のカレーに入れてきた。

どう反応すればいいのか分からなかったけれど、戸惑いながらも「ありがとう」と二人に言う。こんなやり取り、久美ちゃんともしたことがなかったから、心がくすぐったくなった。

「女子って変。意味分かんねーわ」

鮫島君が、奇妙なものを見るような目で私たちを見て、呆れながら言う。

私も、そう思う。女子だけじゃなくて、人間って意味が分からない。そんなことを、フラットに思えたのは本当に久しぶりで、自然と笑ってしまう。

「林間学校って、なんかいいね」

「そうだね。浜本さんも、吉岡さんも、……ありがとう」

「鮫島は？」

「あ、えっと、鮫島君も？」

「てか、感謝されるようなこと、保志さん以外、誰もしてなくない？　この中だったら、一番、感謝されるべきなのは保志さんだよ。で、一番、謝罪するべきなのは、私ら」

「俺は、美味しく米炊いたんだから、感謝されるべきじゃね」

いつも教室では話すことのないクラスメイトだ。

私は、久美ちゃん以外の人とは滅多《めった》に話さない。だけど、くじ引きという偶然で同じ班になって、最初はずっと、何も起きませんようにと願うばかりで、びくびくしていたけれど、今は、少しリラックスして、三人と向き合えている。少しお肉とピーマンで量の増えたカレーを食べながら。

断らせてくれて、ありがとう。

そんな馬鹿みたいなことを、私は思っていた。

6

暗がりな光の中

カレーを食べ終えた後、調理器具やお皿を、班のみんなで協力して洗った。そこで班活動は終わりとなる。広場に移動すると、すでに、その真ん中で、焚《た》き火《び》の炎が燃えていた。

久美ちゃんと一度合流するべきかどうか迷ったけれど、そうなると抜け出すのは難しくなってしまう気がしたから、久美ちゃんを探すことはせずに、しばらく広場の隅でじっとしていた。

久美ちゃんは、誰とでも仲良くなれる社交的な性格だ。私がいなくても、誰かと過ごすことができる。そう思うことで、罪悪感をそっと逃がす。

私は、どのタイミングで抜け出せばいいのだろうか。森田君とはる君はすでに入れ替わっているのだろうか。

燃える炎の周りにはたくさんの人が集まっている。それを眺めながら、どうしよう、とばかり思ってしまう。

だけど、そうこうしているうちに、少し離れたところで、「あれ、森田は?」という男の子の声が聞こえて、ハッとする。森田君は、――はる君は、もうすでに宿舎の裏に向かっているのかもしれなかった。

待たせることはしたくない。

深呼吸を数回繰り返した後、広場を後にする。誰かに声をかけられたら、『トイレです』と努めて平然と答えよう。そんなイメージトレーニングばかりしながら、早足で宿舎の方へと向かった。

広場から離れると、騒がしさは止み、ひっそりとした夜だけが残る。誰にも見つからないことだけを願いながら、忍び足で宿舎の裏へとまわる。

ドキドキしていた。

キャンプファイヤーの時間に抜け出して、はる君と会うことがばれてしまうことへの恐れと、これからはる君と会えるということに対しての高揚感。それらが、一緒になって、こころで暴れている。

宿舎の裏に辿り着く。壁に背を預けて、恐る恐る辺りを見渡す。人の気配はない。まだ、はる君は来ていないみたいだった。この場所で視界の助けになるのは、宿舎の窓から漏れ出る明かりと、月や星の仄かな光だけだ。

ここで、話すつもりなのだろうか。はる君は、本当に。

「……来る、のかな」

はる君が、約束を破るような人ではないと分かっている。

だけど、さっきまで森田君である姿を見ていたから、ここにきて不安が膨らんできた。

それでも、弱気ではいたくなくて、気を紛らわすために、宿舎の裏の柵に肘をついて、暗い夜の山を眺めていた。

どれくらい時間が経っただろうか。

きっと、たったの数分だ。だけど、すごく長く感じていた。広場の方から微かに聞こえるはしゃぎ声に、今頃みんながどう過ごしているのか、少し気になり始めていた。

そんな時に、とん、と後ろから肩を叩かれる。

足音が聞こえず、気配をまったく感じなかったから、驚きのあまり、大げさに身体を揺らしてしまった。

どうしよう。先生だったら、幽霊だったら、違う人だったら。

そんな一瞬の焦りは、振り返った瞬間に消える。

暗いから表情は全然分からない。だけど、確かにそこには、今の今まで、待っていた人の姿があった。

会うのは、ネモフィラ畑を見て、お蕎麦を食べた日以来だ。それも、もう随分と前のことのように感じている。

身体ごと、彼の方へ向ける。

「待たせて、ごめん」

透き通るようなテノールが控えめに言葉を紡《つむ》いだ。

「……はる、君？」

声が震えてしまう。

頼りない月明りに照らされた彼の瞳が、揺れたような気がした。どうしたのだろうか。じっと返事を待っていたら、手首を掴《つか》まれる。

「……文子、さん、」

「はる君?」

ぱちり。瞬きの後に、透明な新星がひとつ、弾けたような気がした。

目の前で、薄い唇が開く気配がする。

——「行こう」

意志の強い声だった。その声に、あ、と思う。

行くって、どこに。そう疑問を投げかけようとした時には、もう、手首を掴まれたまま、引っ張られるように駆け出していた。

宿舎の裏、コンクリートの坂を下りて、そのまま細い道へ入る。辺り一体、太い樹が不規則に並んでいた。虫が鳴いている。森は夜も眠らないのか、と走りながら思う。

どこに行くつもりなの。見つかったらどうするつもりなの。

怒られてしまうし、怒られたら、目立ってしまう。それは避けたかった。

だけど、掴まれた手を振りほどくことなんて、できなかった。

臆病なくせに、今、私の中には、手首に触れている彼の体温を手放したくはない、という気持ちが生まれている。

ありふれた言葉さえ、なにも出てこない。

ただ、夜の風を切って、私たちは、駆けている。

月の明かりが木々の間から漏れ出て、まだら模様を作るように地面を照らしていた。

水の音がどこからか聞こえて、湿ったような土の匂いが強くなる。どこに連れてこられたのか分からない。

しばらくして、私の手を掴む人が、ぴたりと足を止めた。

手首が解放される。熱くなっていた肌に夜の空気が触れた。

互いに息が切れている。走っているうちに恐怖はどこかへ行ってしまったみたいで、今は怖さよりも、ただ、彼がどうするつもりなのか、それを明かしてほしいという気持ちの方が強かった。

はる君、と名前を呼ぼうとしたけれど、その前に彼は歩き出してしまって、何も言えないまま、慌てて、その背中を追いかけた。

ずっと、月明りの中で、彼の背中ばかりを見つめていた。

そんな中で、鼓膜を揺する水の音が気になってきて、不意に、視線をずらして辺りを見渡す。その瞬間、視界の隅で、優しい光が点滅したから、思わず、わ、と声を漏らしてしまった。

その光の点滅の方へ、知らぬ間に足が進む。

彼を追いかけることに夢中で、今の今まで気づかなかったのだ。

「っ、……」

一つだけじゃない。幾つもの光が光っては消えていく。

薄緑色に白色を混ぜたような、星よりも生々しい光。

――蛍だ。

しばらく見惚《みと》れていた。

気がつけば、隣に彼が立っていた。そっと見上げると、暗闇の中で、確かに目が合う。

彼が、息を抜くように笑う。それは、どこか、諦めたような音をしていた。「保志さん、」と呼ばれる。

その瞬間、ときめきの欠片は消えてしまった。

「……はるはさ、保志さんに、これを見せたかったんだと思う」

「あの、」

「一緒に見たかったんだと思うよ」

やっぱり、そうだったんだ。途中から、少し怪しいと思っていた。

行こう、と言った声の力強さ。背筋の伸びた後ろ姿。それから、上手な笑い方。

今、私の隣にいるのは、はる君ではなくて、森田君だ。

私も、この蛍の美しさにはる君と触れたかった。

残念に思ってしまっている。それを、絶対に森田君には悟られてはいけないとも
思っている。

空中を泳ぐようにして蛍が発光している。それを見つめながら、「……はる君は？」

と、恐る恐る問うと、ゆっくりと森田君はその場にしゃがみこんだ。

「何してんのかなー、あいつ」

「えっと」

「保志さんも、座ったら？」

「……あ、うん」

森田君から少し離れたところに腰をおろすと、彼が、私の方に近づいてくる。

いつだって、クラスの中心にいる森田君だ。近づけば近づくほど、緊張してしまう
はずなのに、なぜか今は、あまりドキドキしなかった。

暗闇だったからかもしれない。私と森田君が今並んで座っているのを知っているの
は、美しく光る蛍と森だけだったから。

「保志さん、はるじゃなくて、残念だと思ってるよな」

「……そんなこと」

「残念だと思ってくれないと、はるが落ち込むから、思ってやってよ」

「…………」

「嘘だよ。嘘じゃないけど。……困らせたいわけじゃないんだよ。でも、俺、はるのことを頼んだ時点で、保志さんを困らせることになるって、本当は分かってた」

森田君が、ゆっくりと息を吐き出す。いつもみんなに囲まれている時よりも、力のない声だった。罪悪感を感じているのかもしれないと思った。

今更、困らせているなんて思ってほしくはなかった。

森田君に頼まれて、はる君と親しくなった。今日、会いたいと思った。最初は少し困っていたけれど、今はそれ以上の気持ちが、私の胸の中に存在している。

「そんなこと、ないよ」と言葉を返す。

彼の瞳だけが、ちかちかと、輝いていた。

姿勢はいい。だけど、いつもとは少し違う。どうしたのだろう、と思っていたら、森田君は顔を私の方に向けて、「保志さん」と彼らしく私の名前を呼んだ。

「……はるが、もう、かなり、薄くなっている」

「え？」

「本当は、保志さんに、はると仲良くしてってお願いする少し前から、はるの存在が、俺の中で小さくなってたんだよな」

「……どういうこと？」

はる君の存在が薄い。それが、何を意味するのか。分からなくて、分かりたくなくて、返す言葉が見当たらない。

「保志さんに、はると会うのを急《せ》かしたのも、タイムリミットが迫ってるって、分かってたからだ。時間がなかった。このまま、会えないまま、いなくなっていいのかよって、はるのことだけど、俺だって焦ってた。保志さんと手紙のやりとりをするようになってから、どんどん弱まっていったから」

暗闇で森田君を見つめたまま、呆然としてしまう。

「保志さん」

「う、ん」

「最近はさ、もう、俺が、俺である時がほとんどなんだよな」

森田君の目が、きゅっと微かに細まった。

俺が俺である時。それは、つまり、はる君がはる君ではない時。それがほとんどだということ。

私は何を思えばいいのだろうか。森田君は、何を思ってほしいのだろうか。

なんだか、試されているような気がした。だけど、次の瞬間、そうじゃないのだと気づく。

なぜって、

「覚悟はしてたし、そうなるべきだって思ってたけど、本当にそうなったらって考えると、怖くて仕方がない」

森田君が、そう、ぽつりと呟いたからだ。

夜の闇のようにしっとりとした声だった。「……なにが、怖いの？」、そう彼に問う自分の声は、弱々しく、とても情けないものになった。

蛍は、相変わらず、点滅していて、私たちは、その神秘の中に腰かけたままでいる。

「はるがいなくなったら、俺はどうなるか分からない」

はる君がいなくなる。そんな恐ろしいことを、言わないでほしかった。

想像しただけで、苦しくて、手紙の丁寧な筆跡や、会った時にくれた笑顔や言葉が蘇《よみがえ》ってきて、胸が痛くなる。だけど、私以上に森田君が苦しそうだったから、責めるような気持ちにさえなれなかった。

「はるがいなくなった時に、俺の中のはるがいた場所に、何が生まれるか分からない。真っ暗闇かもしれないだろ。それが怖いんだよ。今日だって、入れ替わるはずだった。はるも、俺も、それを望んでた。でも、今、俺は俺でしかないじゃん。今まで、二人で身体を共有してずっとやってきたのに、最近、本当にうまく変われない。……それに、なによりもさ、保志さん」

「う、ん」

「大切なんだよ、すごく」

「たいせつ?」

「俺は、はるのことが本当に大切だから、いなくなってほしくない」

「それは、……はる君も、きっと、同じだと思う」

「分かってるよ。お互いにそう感じている。でも、必要だと思うことと、本当に必要かどうかは、違うのかもな」

「……どういうこと?」

「俺も、分からない」

森田君が自嘲《じちょう》気味に笑う。

できるだけ、恐ろしさを誤魔化していたかった。

私だって、はる君のことをすごく大切な存在だと感じている。

「どうすればいいんだろうな」

「……うん」

「もう、四年くらい一緒だったから」

「長い、ね」

「一緒に生きてきたから、ずっと」

「こんなこと、保志さんにしか言えないけどな」と、森田君が言った。大切な秘密を、私なんかにくれたのだと思ったら、堪《たま》らない気持ちになる。

どうして、はる君が生まれたのか。はる君は、森田君が言ってほしくないかもしれないからと、教えてくれなかった。だから、それはもう、永遠に聞いてはいけないのだと思っていた。

だけど、今、森田君が、私の隣で恐れている。恐れながら、私にしか言えないと言って、自分の内側の脆い部分をそっと差し出してくれている。

それならば、私は、森田君とはる君のことを、もう少し知るべきだと思った。

知りたいと、思っている。

「——教えてほしい」

傷つけていたら、とか、間違えていたら、とか、そういう不安さえ抱くことができないまま、森田君の方をじっと見つめる。「何を」と言う森田君の声は、震えていた。

言いたくないのなら、きっと、彼は言いたくないと言うと思った。

ちかちか、と、瞳は今も、かそけき星のように光っている。

「……はる君が存在しているのは、どうしてなのか」

「きっかけ？」

「うん。……言いたくなかったら、いいの。でも、私、ごめんね、知りたくて、」

「……言いたくない」

「そう、だよね」

「でも、保志さんには、知ってほしい。はるのことを知っている唯一の人だし」

「うん」

「聞いてくれる？」

いつもの何倍も自信がないような声だった。

私が何度も頷くと、森田君は、自分の後ろに手をついて、空を仰《あお》ぎ見るような体勢に変える。

あちらこちらに光がある。

だから、大丈夫になりたいね。私も、森田君も、大丈夫に、なりたい。言えない言葉が、胸の中で、すぐに死んでいく。救えないまま、黙っていた。

私は、森田君が、話し出すのを、ただ、待っていなければいけないと思った。

「親が、中二の時に、離婚した」

しばらくして、ようやく、森田君は、そう言葉を落とした。私は、相槌も返さずに、彼の言葉の続きに耳をすませていた。

「予兆はあったけどな、そりゃ。でも、家族がバラバラになって、もう戻らないんだって分かった。その時にできたのが、はるなんだよ。俺はさ、父親も母親もどっちも大好きだった。大袈裟に聞こえるかもしれないけど、自分なりに、愛してたし、愛は不滅だって馬鹿みたいなことを思ってた。でも、違ったんだよな。愛なんて、終わるし、裏切るし、傷つける。そんなこと、親に教わりたくなかった」

恋愛映画が嫌いだと言っていた。はる君が、森田君もそうなのだと。

愛は、終わる。愛は、裏切る。愛は、傷つける。森田君は、苦しい数式を、ずっと抱えているみたいだった。

「親権は、父親が持った。それでさ、二人で暮らすようになってしばらく経った時に、自分以外の誰かが、自分の中に潜んでいるんじゃないかって、それくらいの気配だったんだけど、眠る前とか、起きた時に感じるようになって。それがどんどん強くなって、あ、別の人間が俺の中にいるのかもしれないな、って悟ってからは、なぜか、もう一人の自分と、――はると、意思疎通したり、頻繁に入れ替わったりできるようになった」

「そう、なんだ」

「前も、保志さんに言ったかもしれないけど、はるは可哀想なやつなんだよ。弱さそのもので、俺の負のエネルギーから生まれたんじゃないかなって思う。そのことを、はるだって認めてるし、自分のことを弱さだって思ってる。だからかどうかは分からないけど、時間が経って、俺も新しい生活に慣れてきて、それくらいのタイミングで、だんだん、はるの存在が弱まっていった」

「……うん」

「保志さん、傷って、癒《い》えるみたいだ。少しずつ、過去になっていく。忘れたいことも、忘れたくないことも、自分の意思とは関係のないところで、離れていく。俺ね、父親と二人で暮らすことに、もうかなり慣れたんだよな。父親と二人でも楽しいし、俺の母親はもうそばにはいないんだって、一緒に三人で暮らすことはもう二度とないんだって、今は、平気で受け入れられるようになった」

私は、何も知らなかった。想像すらしたことがなかった。

だって、森田君はいつだって笑っていたから。いつも、みんなに囲まれて、何も不自由なんてなさそうにして。幸せだけを抱きしめているような人で、羨ましいとすら思っていた。

相槌すら喉にひっかかって、うまく打つことができない。木々の間で星の光が少しだけぼやけて見えた。

「傷が、癒えてきている。確実に、前に、進んでる。前に進むことと、はるの存在が弱まっていくことは、同じなのかもしれない。……はるの心残りは、保志さんだけだったから。本当に、もう、終わりがくるかもしれない」

「……どういう、こと？」

「もっともっと、って望めば望むほど、満たされるものがあるんだろうな。俺が前に進めて、保志さんがいて、はるの存在が弱まっているのは、たぶん全部つながってる。俺は、はるが大切だけど、でも、はるじゃなくて、俺が俺であることが多くなった今の方が、いい状況なのかもなって思いもする」

それならば、はる君の存在を望むことは、森田君に苦しみを強いることになってしまうのだろうか。

森田君は、はる君のことを弱さだと言った。負のエネルギーから生まれたんじゃないか、とも。だけど、はる君は、優しくて、私にとっても森田君にとっても、とても大切な人だ。

心残りは私だけ、というのは、単純に、友達が欲しかったということなのだろうか。でも、はる君。私、たぶん、あなたに、今はもう友達以上の気持ちを抱いてしまっている。この瞬間も、会いたくて、仕方がない。

私は、どう思えばいいのだろう。何を望むのが正しいのだろう。正解は分からない。ただ、はる君に会いたい気持ちと、森田君の過去を傷つけないように抱きしめたい気持ちだけは本当で、その狭間《はざま》で泣きたくなった。

森田君は、相変わらず、空を見上げながら、言葉を紡ぐ。

「本当に俺、前には、進んでる。人って、留《とど》まれないんだ。変わらないことの方が難しい。でもさ、そんな中でも、ずっと、忘れられないことだってある」

「……なに」

「父親と母親が、俺の親権を取るために二人で争ってた。そんなことで、自分が二人から愛されているって思い知りたくなかったけど。結局、俺の親権は父親が取って、母親とはもう会わないことになった。俺は、会いたかったよ。でも、知らない間にそういうことになってたから。言えなかったんだよ。会いたいって。お願いって。父親にも、母親にも、あの時はどうしても言えなかったから。俺は何でもいいよって言った。それで、母親に会うのが最後だっていう時に、母親に言われたんだよな」

森田君が、ゆっくりと視線を私に向けて、苦しそうに笑った。

忘れられないこと。それは、きっと、癒えない傷。

星は、つねに瞬いているわけではない。

――「〝陽は、絶対に幸せになれないからね〟」

自分が言われたわけではない。それが、どれほどの鋭さをもつ言葉なのか、想像するだけではきっと足りない。だけど、呪いのような言葉だと思った。

言葉は、放った相手に強く残ってしまうことがある。現に、森田君のお母さんの言葉は、呪いのように森田君の胸に今も、残り続けている。

言葉の恐ろしさを再確認した瞬間に、過去の記憶が蘇り、胸が苦しくなった。

「母親に最後に言われた言葉が、ずっと離れない。俺、マザコンだったのかもな。でも、本当に好きだったんだよ。厳しかったけど、優しくて強い人で、今も、そう思うよ。強すぎるっていうのは、弱いのと変わらないのかもしれないけど。でも、とにかく好きだったから。そんなこと、言われたくなかった。俺は幸せになれないんだなって思ったら、だんだん、自暴自棄になって、とことん不幸になってやろう、なんて馬鹿みたいなことを真剣に考えるようになった。土砂降りの日に出かけたり、家族の写真を一枚一枚部屋で破ったり、写ってる自分の顔をマジックペンで塗りつぶしたり。そういうことをするのは、決まってはるだったけど」

「……そんな」

「でもさ、ある時、思い立った。幸せになれないとか、そんなわけあるかよ、馬鹿じゃねーのって。父親のことを、母親と一緒に見くびってる感じになるのも嫌だったし、親が離婚したからって、何も知らない他人に、自分の不幸ドラマを勝手に想像されたくもなかった。だから、それからはずっと笑ってる。誰よりも、幸せに見えるように生きてやるって思ってる。恵まれた人間関係を築いて、何も不幸なことなんてないって顔で」

「……っ、」

「保志さん、俺はさ、無理をしてでも、不幸じゃないって証明し続けたいんだと思う」

森田君が、笑う。

姿勢がいい人。だけどそれが、彼の全てではないのだと知る。

知ったらもう、知る前の自分には戻れないのだ。

同情はできない。全てを理解することはできない。ただ、悟る。きっと、森田君は、脆弱《ぜいじゃく》なものを誰にでも分かるように背負っているのではなく、誰にも見られないように胸の中に飼っている人なのかもしれない。

だけど、森田君の言う幸せは、本当の幸せなのだろうか。

他人の幸せを図ることは許されない。それでも、こんなにも丸裸の気持ちを見せてくれている相手に、自分を守るためだけに偽りの反応を返すことは絶対にしてはいけないと思った。

傷つけてしまったら、その分、私も傷ついていい。

意味の分からない覚悟をして、恐る恐る、唇を開く。

「森田、君、」

声が震えてしまう。

今この場所に、優しい逃げ道はない。だけど、あちらこちらに光がある。その光に擦《こす》れて、私の声が、なるべく丸く、森田君に届いてほしいと願った。

「それでも、無理に笑わなくていいと思う」

過去は変えられない。傷つけてしまった人を傷つけずに済んだ世界に生きることはできない。だけど、未来はもしかしたら変えられるのかもしれない。

森田君がお母さんから受け取ってしまった呪いのような言葉から彼を救うにはどうすればいいのだろうか。考えながら、恐る恐る言葉を続ける。

「……楽しくいることだけが、幸せじゃないと思う」

「でも、笑っていたら、本当に、幸せになれるだろ」

「そうだね。だけど、森田君、」

暗闇の中でしっかりと彼の目を見つめる。

蛍の光の点滅の合間で、私は言った。

「今は、笑わなくて、いいよ。笑わなくて、いい。……悲しみの中にも幸せはあると思う。喜怒哀楽の、怒りと悲しみが出せることも、幸せの一つだと思う」

森田君は私の言葉に、驚いたような表情を浮かべた。

彼の目が、蛍の光の点滅を映している。きらきらと、波のように揺れている。それが、すごく綺麗で、私は悲しくなった。

誰かの言葉を否定するために生きなくていいという気持ちを、森田君に伝えたかった。だけど、それは言わないことにした。これ以上は、もう、言葉にすることが怖かったから。

私たちは、しばらく黙ったままでいた。せせらぎの音に目を瞑《つむ》ってしまいたくなる。

そんな中で、「ねえ」と、森田君の声が束の間の沈黙を破った。

「保志さん、」

彼は、穏やかに瞬いて、目を伏せた。睫毛《まつげ》が揺れるのを見て、それが分かるくらい、彼の近くにいるのだと、今更気づく。

「俺、はるがずっとどんな気持ちでいたのか分かったかもしれない」

はる君の気持ちとは、なに。

そう尋ねる前に、森田君が立ちあがったから、言葉にするタイミングを失ってしまう。

「そろそろ、戻るか」

森田君の声に頷き、私たちは来た道を戻った。

私は、森田君の少し後ろをついていった。相変わらず姿勢のいい堂々とした後ろ姿だった。

だけど、もう、それが全てではないのだと、知ってしまった。

7　恋とジレンマ

＊

保志文子様

お元気でしょうか。林間学校の夜、文子さんにも陽にもすごく迷惑をかけてしまったと思います。本当に、ごめんなさい。すごく、会いたかったです。迷惑をかけたというのに、そう強く思ってしまうことを許してください。

林間学校は、楽しかったでしょうか。

僕は、うまく陽と記憶を共有できなくて。文子さんと会うはずだった夜のことが何も分かりません。伝えたいことがたくさんあって、知りたいこともたくさんあったのですが、欲張りになればなるほど、削られていくものもあるようです。

僕は、ただ、もう一度、文子さんに会いたい、文子さんに手紙を書きたいと思っていることしかできなくて。こんなことを、文子さんに伝えてしまって、申し訳ないと思っています。

いつの間にか、夏が来ましたね。僕は僕である本当に少ない時間に、昔、僕が偶然出会った、シェイクスピアのソネットの第十八番の詩を、思い出したりしています。

「人が呼吸しているかぎり、目が見えるかぎり
この詩は生きてあなたに永遠の命を与える」

この言葉に、僕は、勇気をもらっています。

文子さん、もう、誤魔化すことができそうにないし、文子さんを困らせるような嘘はなるべきつきたくないので、本当のことを言うと、僕はもう、陽とうまく入れ替われなくなっています。そうあるべきだと思うのに、文子さんのことを考えると、僕は、どうすればいいのか分からなくなる。

今日も、文子さんが、健《すこ》やかに生きてくれていることを願います。

はる

＊

林間学校から数日経った朝、私の下駄箱に、はる君からの手紙が入っていた。

林間学校に行く前の私なら、そのまま急いでトイレに向かって、封筒を開いたと思う。だけど、森の中で、森田君が話してくれたことがちらついて、手紙を見ることが怖くなって、中を確認できたのは、家に帰ってからだった。

私も、すごく、会いたかった。

丁寧な筆跡を目で追っていたら、気持ちが溢れてくる。

どうやら、森田君は、はる君と記憶を共有していないみたいだった。共有しないこともできると言っていたし、森田君があえて共有しなかったのかもしれない。それとも、共有できないほどに、はる君の存在が薄くなっているのだろうか。

二人の仕組みは何も分からないのに、不安は膨らんでいく一方だった。

手紙の返事には、森田君と二人で過ごした夜のことを書かないことにした。私が書くべきことではないと思ったからだ。林間学校については、曖昧に触れるだけにしておいた。

それから、はる君が勇気を持ったという詩を図書館で調べて読んで、その代わりに私は、中原中也《なかはらちゅうや》の『一つのメルヘン』を引用して手紙の最後に書いた。

秋を思いたかった。夏を通り越してはる君と、これからもずっと文通をしたい、と願ってしまっている。自分のその気持ちが森田君とはる君にとってはだめなものだと思うと、悲しくなった。

封筒の中に、スマートフォンで撮った森の写真を印刷して同封した。これを撮っている時、私は、ただ、はる君に喜んでほしいと思っていた。はる君に笑ってほしくて、それだけを。

でも、どうなのだろう。はる君が笑う度、森田君の身体の中の負のエネルギーは膨張するのだろうか。それを、森田君はひっそりと胸に抱えているのだろうか。

何を望むのが正解なのか分からないままに、森田君の下駄箱に封筒を置く。

どうか健やかに。私も、そう思っている。今は、はる君にだけじゃなくて、森田君にも、そう思ってしまっている。

心を揺さぶることが起こりすぎて、いつもならフルに稼働している警戒心も弱めてしまっていた。私は、はる君と森田君のことばかり考えていて、ある意味では、気を抜いていたのだと思う。

何より、キャンプファイヤーの時間に抜け出したのは、やっぱりリスクが高すぎることだったのだ。

朝、教室に入った時から、なにか、いつもより視線を感じると思っていた。授業中も、休み時間も。特に感じるのは、女の子たちからの視線だった。

人の視線は、私にとって凶器にひとしく、自意識を思い込みでは留まらせてくれないものだ。

三限目が終わるころには、自分の席で俯いているしかなくなっていた。

何をしてしまったのか。思いあたることはなくて、無自覚であることが、何よりも恐ろしかった。

ようやく理由が分かったのは、五限目の休み時間のことだった。

次の授業の準備をして、また自分の席で俯いていたら、「保志さん」と名前を呼ばれる。つん、と、少し尖ったような声だった。

恐る恐る顔をあげると、そこには、島本さんと、その少し後ろに、その友達の金山《かなやま》さんと南《みなみ》さんが立っていた。三人とも、クラスの中心にいるような女の子たちだ。

自分より下のものを見るような冷ややかな目を向けられている。

「……どうしたの？」

みんな、私たちに注目しているような気がした。

逃げ出してしまいたかったけれど、そんなことができるわけもなく、動揺を悟られないように、へらりと笑ったら、島本さんが口を開く。

「ずっと、保志さんに、聞きたいことがあったんだけど」

「……聞きたいこと？」

「何って、分からない？」

「ごめんね、……分からない」

島本さんと話したことなんてほとんどない。いつもなら、私なんかに目もくれないような人たちだ。

だけど、ひとつだけ思い当たることが、あるとするならば。

「——陽と、付き合ってるの？」

やっぱり、そのことだった。

尖っている細い声に、息が止まる。

ひそめられた声ではなかった。周りの人にも聞こえるような声量だ。

目だけを動かして、辺りを確認すると、案の定、私たちの方を見ているクラスメイトが何人かいた。

どうして、私に聞くのだろう。どうして、仲のいい森田君に聞かないのだろう。そう思い、森田君を探してみたけれど、トイレにでも行っているのか、教室に彼の姿はなかった。

「どうなの？」

「……付き合ってないよ。そんな、私なんかが、森田君となんて」

「いや、卑下《ひげ》してほしいわけじゃなくて。林間学校の夜、陽、いなかったんだよね。保志さんと陽が宿舎の近くに二人でいたって情報入ってきてるんだけど」

見られていたんだ。

きっと、蛍を見に行ったことまでは知られていないはずだけど、どのタイミングで気づかれてしまったのだろう。誰がそれを島本さんたちに言ったのだろう。

「違うの」

「何が？」

「……違うから」

どう誤魔化せばいいのか分からなくて、ひたすら、首を横に振る。

はやく、森田君が戻ってきてほしいと思った。それでどうにかなるようなことではないのかもしれないけれど、三人と、その他のクラスメイトの視線が痛くて、呼吸すらままならない。

こうやって、視線を浴びることが本当に苦手なのだ。

みんな敵であるような気がしてくる。四面楚歌《しめんそか》という言葉を国語の授業で知った時、ああ、私のためにある言葉だ、と思った。

まさに、今そういう心地でいる。

「保志さん、陽のこと好きなの？」

それは、あなたではないのか。森田君を好きなのは、島本さん自身でしょう。久美ちゃんが言っていた。振られた、と。真偽は分からないし、私には、到底言い返す勇気なんてない。

だけど、首を横に振ることもできない。森田君のことが、嫌いではないから。どうしたって、誰かに嫌な思いをさせてしまうような気がした。

「どうなの？」

「答えられないってことは、好きなんじゃん？」

「ただ好きってだけ？　やっぱり内緒で付き合ってるとか？　陽、恋愛しないって言っておきながら、保志さんみたいな人がタイプってオチだったらびっくりなんだけど」

「ねえ、保志さん、何か言ってよ？　私たち、質問してるだけなのに、責めてるみたいになっちゃってるじゃん」

どう答えても、きっと、満足してくれない。

追い込まれているのに、行き止まりには辿り着かない。ぱくぱく、と金魚みたいに口を動かすことしかできなくて、逃げられもせず、自分の席で島本さんたちを見上げていた。

そんな時だった。

「なにしてんの？」

さっきまで教室にはいなかったはずの森田君の声が、後ろから聞こえた。

私は、島本さんたちが怖くて、振り返ることができなかった。

島本さんは、「なんでもないよ」と苦笑いをして、横髪を耳にかけた。そうしているうちに、森田君が私の席の横に立つ。

彼は、いつものように、爽やかに口角をあげていた。ここは戦場ではなく、ただの教室だから大丈夫だ、というような目をしているように思えて、目の奥が熱くなった。

助けてくれるかもしれないって、私は、思っていたらしかった。その通りになったから、安心して泣きたくなっている。

眩しくて苦手だった森田君の眩しくない部分を、林間学校の夜に知って、今はもう、前と同じようには思えない。無遠慮な親近感さえ抱いてしまっている。だから、平気で、助けてほしい、と願えてしまった。

自分の気持ちに気づかされるのは、いつも事後だ。

どこまでも他力本願で、無力な自分のまま、怖がることだけが上手くなって、そんな自分が本当に嫌なのに、それよりも、今、森田君がここに来てくれて、救われている。

「廊下にいたけど、俺の名前が聞こえたから。俺のこと話してるのかなって思って」

「べつに？　陽には関係ないから」

「うわー、悲しいわ。関係ないことはないだろ。教えてよ」

森田君は笑っているのに、逃がさないという風に、「なに？」と島本さんたちに聞く。それで、とうとう折れたのは、島本さんの後ろにいた南さんだった。

「陽君と、保志さん、付き合ってるのかって、保志さんに聞いてただけだよ」

「あー、そういうこと？　それ、俺に聞けばよくない？　保志さんより、俺の方が、いつも話してるだろ」

「それはそうだけど……」

「まあ、付き合ってないよ」

な、保志さん、と同意を求められ、何度も頷く。そうしたら、ようやく、島本さんたちの顔の強ばりが解けていった。

「じゃあ、保志さんが、陽のこと好きってだけか」

金山さんの声に、森田君は苦笑いを浮かべる。しんみりとしたものではなく、さっぱりとしたものだった。場を重くしないような気遣いをしてくれているのだと分かった。

「そういうのって、かなり個人的なことだろ。こんなところで、ずけずけと聞くことじゃないって」

「この際だし、聞いてもいいかなって思ったんじゃん？」

「じゃあ、金山は、誰が好きなの？　男？　女？　このクラス？　もしいるなら、そいつのどこが好きなの？　顔？　性格？　この際だし、今、俺に教えろよ」

「え、無理無理無理。何言ってんの、陽」

「だから、そういうことだろ。自分は無理なのに、なんで他人はいいんだよ。保志さん困ってんじゃん。もう終わりな」

そう言って笑いながら、森田君は、自分の席に戻っていく。彼を追いかけるように、島本さんたちも私の前からいなくなった。

未だに、心臓はドキドキと音を立てている。

それでも、ようやく、ふう、と息を吐くことができた。

嵐みたいだった。

気が付いた時には、もう、誰も私の方なんて見ていない。森田君たちは、彼の席で、ケラケラと笑いながらお喋りを始めていた。そこに、他の男の子たちも集まってくる。

そうだ、いつも、教室にいる森田君はこんな風だ。

幸せのかたちを、森田君は、こうやって証明し続けているんだと思った。

誰もいなくなってしばらくすると、久美ちゃんが私の席にやってきた。第一声は「大丈夫だった?」で、島本さんたちとのことを心配してくれているようだった。

頷いて、平気だよ、と笑う。

「トイレから戻ったら、文子ちゃん、囲まれてたからびっくりしちゃった」

「……私も、びっくりだった」

「ね。でも、会話、聞こえちゃったんだけど、文子ちゃん、本当にキャンプファイヤーの時いなかったよね」

「う、ん」

「まあ、里香ちゃんたちが疑う意味も分からないけど。だって、森田君は、誰も好きにならないし」

「……それ、前も久美ちゃん言ってたよね」

「本当にそう思うんだもん。みんないても、みんないなくても、幸せってオーラが出てる」

「そう、だね」

誰も好きにならないかどうかは置いておくとして。私も、今までは、ただ森田君のことを幸せな人だと思っていた。

だけど、林間学校の夜のことが忘れられない。

森田君は、幸せでありたいけれど、ただ、幸せな人ではない。

人には、誰にでも弱い部分があって、守りたいものがあって、その人なりの、幸福と不幸がある。みんな、同じ世界で、違う苦しみを抱えながら息をしている。

誰かを知るということは、そういう本当は見逃していたいことを、見つめるしかなくなるということだ。

「まあ、ザ・人気者って感じだよねえ、森田君は」

久美ちゃんの声に、頷く。

だけど、森田君は、そうやってみんなに見ていてほしいだけだ。

しばらくまた、はる君からの手紙が届かない日が続いた。それでも、毎朝、下駄箱を開ける時に期待してしまう自分がいた。

入れ替わることが、難しい。

森田君にも言われたし、はる君の手紙にも書いてあったことだ。

もう二度と、はる君と会えなかったらどうしよう。そう思う度に、怖くなって、暴力的な願いがよぎる。

——森田君の身体が、森田君のものではなく、はる君のものになればいいのに。

そう考えてしまう自分が、恐ろしかった。

森田君のことを知った。前とは違う風に、教室の中心で笑う彼を見ている。

きっと、私と森田君は、あの夜に、心の距離を、前よりもうんと近づけてしまった。

だけど、はる君がいなくなることを望むことなんて、私にはできなかった。

やっぱり、私は、森田君ではなく、はる君に会いたい。

森田君とはる君の過去を知ってもなお、その気持ちは変わらなかった。私は、森田君よりも、はる君のことを大切に思ってしまっている。手紙を読み返して、会った時の記憶をなぞることしかできないのが歯がゆかった。

傷つけたくないし、傷つけられたくはない。何かを思い、何かを伝えることも伝えないことも、全て怖い。それは今も変わっていない。

だけど、それよりも、はる君に会いたいという気持ちの方が強くて、控えめなはる君の笑顔が見たかった。他人に対して、そんなことを思うのは、初めてで、私はどうすればいいのか分からずにいる。

はる君のことを思うと、心の中で、硝子《ガラス》の魚が泳ぐ。それは、湖に生息する、不思議なかたちのものだ。背骨がしなやかで、だけど、揺れない。湖を思うと、ネモフィラ畑で隣にいたはる君の瞳を思い出す。

そういう風に、繰り返し、はる君を思っていた。

はる君が薄くなっていると、森田君は言っていた。彼の言葉をかき消すように、はる君を思う時間は多くなっていく。

そんな時だった。

夕飯を食べ終えて、自分の部屋のベッドの上でぼんやりとしていた夜のこと。ちりん、とスマートフォンが音を立てたから、おもむろに確認すると、一通の新着メッセージの通知が入っていた。

いつも私のスマートフォンを鳴らすのは、ほとんど久美ちゃんしかいない。どうしたんだろう、と思いながら、通知を開く。

そこで、思わず、目を見開いてしまった。

「……え」

〈夜分にごめんなさい。今から、会えませんか。無理を言ってることは、分かってます〉

差出人の欄には、森田陽、と示されている。

見間違いかと思って、瞬きをしてみる。だけど、瞼《まぶた》を開いた先には、やはり、同じ光景が広がっている。

彼とスマートフォンでメッセージのやりとりをしたことなんて、今までに一度もない。

連絡先は、どこで知ったのだろう。ああ、あれか。クラス全体のグループから、私の個人メッセージに飛んだのだろうか。そうとしか、考えられない。

だけど、どうして。

数秒、スマートフォンを見つめたまま、考えていた。

森田君が私に何か用があるとしたら、きっとはる君のことだ。それならば、夜であろうと、私は、聞きたい。聞かなければならないとも思った。

迷った末に、〈気にしないでください。大丈夫です〉と返信をした。すぐに、またメッセージが届く。

〈三角公園で、待ってます。どうか、気をつけて〉

三角公園は、私の住む住宅街からも近く、歩いて十分ほどの距離にある。

メッセージを確認して、急いで部屋を出た。リビングにいた両親に、「少し出かけるね」とだけ伝える。危ないから気をつけなさいよ、と言うお母さんの声を背中に受けて、家を出た。

心配してくれる家族がいる。私には、二人。森田君には、一人。

はる君のことを思いながら、森田君のことも同時に思う。どう思うのが正解なのかは、分からない。

三角公園に着くと、すでに入口の街灯のところに森田君が立っていた。

走ったことで乱れてしまった息を整えながら、恐る恐る近づく。

月の明かりはない。ただ、街灯の弱い光に照らされた彼の顔は強張っていて、

「……森田君」と慎重に名前を呼んですぐに、ああ、と思った。

違う。猫背だ。弱々しい、何かを恐れているような表情。きっと、とても自分に自信がない人。私が、会いたかった人。

今、目の前にいるのは、森田君じゃない。

そう気づいたのと、「はる、なんだ」と、前に立つ男の人が言ったのは、ほぼ同時だった。

「どうしても、会いたくて、……ごめんね。こんな夜に、呼び出してしまって。ようやく、僕になれたから。迷惑だって分かってるのに。本当に、ごめん」

そう言って、彼は、申し訳なさそうに頭を下げてきた。

また、会いたい。そう言葉にして伝えてしまった日から、もう随分と時間が経ったような気がする。

謝らないで、と思いながら、何度も首を横に振る。

はる君は悲しそうに顔を歪め、それでも、ほんのわずかに安堵しているような表情で、「会えて、嬉しい」と言った。

「私、も。私も、嬉しい。やっと、会えた」

「ごめんね。不自由で。僕は、本当にだめで」

三角公園の中に入って、遊具のところへ行く。夜風でひとりでに動くブランコに、私とはる君は腰かけた。

辺りは、しんとしている。街は眠りかけている。身体を揺らすと、ブランコは、ギィ、と錆《さ》びついた音をたてた。

「文子さん」

「……はい」

彼は、何を言うつもりなのだろう。

聞きたい。聞きたくない。それを、私は何も決められない。

言葉はその人のものだ。誰にも決められない。

猫背の半身を、隣で見つめる。はる君が、そっと唇を開く。震えているような気がした。

「ごめん」

「う、ん」

「……僕は、もう少しで、消えてしまうと思う」

「……う、ん」

夜に、声が溶けてくれない。

はる君の声が鼓膜を揺すった瞬間に、〝やっぱり〟と思ってしまったことが悲しくて、遅れて、胸が痛くなる。笑うことなんてできず、どうしても顔が歪んでしまう。

はる君は、ブランコを揺することなく、しっかりと地面に足をついて私を見ていた。鎖を握る手に力をこめたのか、彼のブランコの鎖が微かにしなる。

「文子さん、昔の話をしてもいい？」

「昔の、話？」

「うん。昔の話。文子さんと陽が出会う、前のこと」

「っ、聞きたい。……はる君が話したいこと、全部、私は、聞く」

私も、地面にしっかりと足をついて、ブランコを揺するのをやめた。

私とはる君の呼吸の音だけで、あとは何の音もしなくなる。

はる君が話し出すのを、私は待っていた。聞いてしまうのが怖い、と思いながら、待っていた。そして、はる君が、ゆっくりと、話し出す。

「陽が中学生の時に、僕は、土砂降りの雨が降ったら、わざと傘を持たないで出かけて、うろつきまわってた時期があったんだ。……幻滅させてしまったら、ごめん」

「しないよ」

「……全部、壊れてしまえって思ってた。雨に濡れれば、汚れたものも洗い流されて、真っ当になれるんじゃないかって。僕がだめだから、悪いことばかり起こるから。僕は、だめでしかないから、罰を受けないといけない、とも思ってた。僕にとって、雨に打たれることは罰だったから。身体が濡れて、寒くて、苦しいってことを確かめたくて、とにかく、ずっと、土砂降りの雨が降るのを待ってた。自暴自棄、だったんだ」

森田君が林間学校の夜に言っていたことを思い出す。土砂降りの日に出かけると言っていた。自暴自棄になってそういうことをするのは、きまってはる君だとも。はる君が存在しているきっかけのようなものを、もう知っている。だから、余計に苦しくて。しなる鎖の表面で、微かに光る夜の銀色が目に沁みる。

相槌を打てないまま、私は、ただ、はる君を見つめていた。

「僕は、ひとり、なんだ。独りでいるべきだ。陽の弱さだと思う、から。だけど、誰も、僕が僕であることなんて知らなくて、僕は、いるのに、いなくて、それが、本当は、すごく怖かった。……自分が存在していることを、自暴自棄になって、苦しいと感じることでしか、証明できなかった」

叫びには、雷のような劇的なものではなく、ただ静かに、落ちていく木の葉のようなものもあるのだと知る。

私は、足にぐっと力を入れて、ブランコを揺らさないようにしていた。意識しなければ、力が抜けてしまいそうだった。

はる君は、私から目を離して、ゆっくりと空を仰ぎ見た。その横顔に、既視感を覚えて、何ひとつ森田君とは重なってほしくはないのに、と身勝手なことを思う。

はる君が瞬きする度に、諦めが零れているような気がして、私は、それをどう掬《すく》えばいいのかも、はる君は掬ってほしいと思っているのかも、分からなかった。

「僕は、そうやって、ずっと、誰にも知られずに、息をするしかないんだって思ってた」

「……う、ん」

「――だけど、突然、雨が、止んだ」

はる君が、瞼を下ろす。そして、彼の口角が、控えめにあがった。

「誰かが、僕の上に、傘をさしてくれたから」

「…………」

「──〝濡れていたかったら、ごめんなさい〟そう言って、傘と花柄のタオルを僕にくれた人が、いた」

あ、と、掠《かす》れた声を出してしまった。

まさか。でも、そんなはずがない。そんな、偶然が、起こるはずがない。

だけど、そうだ。

この世界は、蝶の羽ばたきが台風を起こしてしまうみたいに、色々なことが知らない間に繋がっている。

傷つけてしまって、ごめんなさい。本当に、あなたが大切だったから。地獄を見せてしまって、ごめんなさい。そんなことばかりを思っていた、頃。

自分の全てが不正解なのではないかと、震えていた中学生の、私。

すごい雨の日だった。学校の帰り道だったと思う。

少し前を、ずぶ濡れの人が歩いていた。

紺色のパーカーに身を包んだ後ろ姿が、ふらふらと横揺れしていて、私は、死んでしまったらどうしよう、と馬鹿みたいなことを思っていた。

しばらく、どうするべきか迷いながら、後ろを歩いていたけれど、最終的に、傘とタオルを押し付けた。

その時、なんて、声をかけたのか正確には覚えていない。ただ、謝ったことは覚えている。怖くて顔も見れなくて、すぐに、その場から離れた。

その日のことなんて、すっかり忘れてしまっていた。ほかに気がかりなことが多すぎて、いつの間にか埋もれていた、鈍色の記憶だ。

震えている。恐怖ではなく、言葉にしがたい感情で胸がいっぱいだった。

「その人は、すぐに行ってしまったけれど、……この世界で、誰かに存在を認められて、優しくされたのは、それが、初めてで。僕は、嬉しくて。本当に、嬉しくて。存在していてよかった、って、はじめて思えた。僕のことなんてなんにも知らない人が、僕なんかのために、優しくしてくれて、」

嬉しかったんだ。

その声に、はる君の輪郭があやふやになる。

何を思うべきか、何を思わないべきか、考えることもできず、溢れてきそうなものを堪えるために、ぎゅっと唇を噛《か》む。

「……家に帰って、タオルを洗濯した。畳んでしまっておこうと思って。その時に、裏に名前が書いてあるのが見えた」

「っ、うん、」

「——保志文子、って書いてあった。もう二度と会えないだろうけど、忘れないでおこうと思った。僕は僕なんだ。陽ではなくて、僕は、僕だ。でも、消えた方がいい存在なのだと思う。自分が、きっといつか、消えるんだって、本当は、最初から分かっていたんだ。寿命のようなものは、誰にでも、ある。それでいいと思った。だって、本来は、陽の身体だ。だけど、陽が行った高校に、あなたがいたから。今年、同じクラスになって、奇跡みたいだと思ったら、もう、だめだった。僕は、わがままで。……最後に、この人ともう一度だけ、話したいと思った」

「っ、う、」

「ありがとう、って、言いたかった。陽に初めて頼みごとをしてしまった。だから、違うんだ。陽は、イエスマンだと思って、文子さんに僕のことを、頼んだんじゃない。文子さんが文子さんだから、頼んだんだよ。ごめんね。本当は感謝の気持ちを伝えるだけにするつもりだったのに、欲張りになって、文子さんに、もっと会いたくなった。……それで、消えたくないって、思ってしまった。だけど、文子さんと親しくなればなるほど、心は満たされて、もう十分だっていう思いも強くなっていって。どちらの気持ちも、僕にとっては、本当だった。……心が満たされれば満たされるほど、僕の存在が、僕自身にも、不確かなものになっていくんだ」

　ぼやけた視界の先で、ゆっくりとはる君が目を開いた。瞳は、空の暗闇を映していた。すう、と息を吸い込む音が聞こえる。

はる君が、顔をこちらに向けて、ふ、と力を抜くように、笑った。諦めと悲しみと喜びが、共存しているような笑みだった。

「文子さん。伝えられるうちに、どうしても、あなたに伝えたいことがあります」

「……は、い」

「僕は、文子さんが、好きです。たぶん、もう、ずっと、好きだったのだと思う」

「……………っ」

「だから、苦しまないで、ほしい」

ああ、そうか。それだ、と分かってしまう。

似ている、ということだけでは、説明がつかないもの。会いたいと思う理由。心の距離を、恐れながらも近づけてしまったこと。それらを表現するには、その言葉しか、なかったのだ。

泣きたくないのに、泣いてしまう。どうやって涙を止めればいいのか分からなくて、頷くこともできずにいる。

「……人は、誰かを傷つけることもできるけど、同じくらい、誰かを救うこともできると思う。あなたは、優しくて、……怖がりで、それでも、知らない僕なんかに優しくできるような人で。僕は、保志文子さんのことを、本当に優しいと思ってる。優しいは、結果なんだ。そこにどんな理由があっても、あなたは、僕にとって、優しい人です。そんな簡単に、文子さんのことを、誰も嫌いにはならないよ」

「っ、……」

「世界はたぶん、文子さんが思っているより、優しいから。文子さんは、その大切な一部で、それで、本当に、僕は、」

——あなたのことが、好きなんだ。

はる君がそう言って、ブランコから静かに降りた。

私は、嬉しくて、悲しくて、とても戸惑っていた。

優しい表情で見下ろされる。

その刹那《せつな》で思った。

——私も、あなたが、好きだ。

これは、紛れもなく、恋だ。はる君の言葉で、はっきりとする。

だけど、どうなるのだろう。消えてしまうとは、どこへ行くの。はる君の気持ちは、ないものになるのだろうか。

そうしたら、私は、私の気持ちは、どこへ行ってしまうのだろう。

はる君は私を、私ははる君を。私たちは、互いを大切に思い合って、心の距離を近づけてきた。

だけど、それが結局、はる君の存在を薄めるのを加速させてしまって、彼はもう、消えてしまうのだと言う。そんなのは、あんまりだ、と思った。

はる君がくれた言葉がばらばらに頭の中で動いている。そのどれもが温かくて、だけど、掬ってしまえば、全て壊れて消えてしまうような気がした。好きだと返したら、今までの何もかもが、この夜ごと、砕けてしまうかもしれないと思って怖くなった。

——なんて、嘘だ。

この期《ご》に及んで、ひどく臆病になっているだけだ。

言葉が、口から出ていかない。泣くことしか、できない。言いたいのに、言えないことばっかりで、もう、どうすればいいのか、分からなかった。

——「……っ、ごめん、なさい」

私は、気が付いたら、はる君を置いて、その場から逃げ出していた。

もう、会えないかもしれないのに。とても、嬉しかったのに。

何一つ、言葉にできずに、泣きながら、家に帰った。

8

向日葵は雨模様

想いを粉々にしたくなくて、自分の臆病な気持ちだけを抱きしめた。

結局、私はそのせいで、はる君に、たくさんの言葉をもらった夜を粉々にしてしまったのだと思う。

あれから、どんな気持ちではる君が自分の家に帰ったのか、どんな気持ちで森田君と入れ替わったのか。想像すると、薄暗い表情が頭に浮かぶ。

想像の中のはる君は、笑ってくれない。当たり前だ。私のせいだ。

はる君からの手紙は、二人で会った数日前にもらったきり、届いていなかった。朝、下駄箱を確認する度に、ごめんね、と思う。

だけどね、はる君。それよりも、私、違う言葉を、本当は伝えたかった。

逃げたのは自分のくせに、逃げた後に、そんなことをようやく思う。後悔する資格もないくせに。

教室には、森田君がいるけれど、明るくて張りのある声が耳に届く度、苦しくなった。記憶を共有しているかどうかなんて、もはやどうでもよくて、ただ、はる君の存在が今どうなっているのか、聞きたいような、聞きたくないような、両極の感情の間で私は揺れていた。


「文子ちゃん、十秒だよ」

「へ」

昼休み、窓の外を見ながら、はる君のことを考えてしまっていた。

久美ちゃんの声に、慌てて視界から空を逃がす。十秒、ともう一度久美ちゃんが言った。

「……ごめんね。何が？」

「文子ちゃんが、プチトマトを箸で持ったまま、ぼーっとしていた時間」

「あ、……本当だ。……恥ずかしい」

行儀が悪いし、ぼんやりとしすぎていた。呆れたように笑う久美ちゃんに、頑張って笑い返す。

それからは、はる君のことを無理やり頭から追い出して、食べることに集中した。

お弁当を食べ終えた後、久美ちゃんの提案で、昼休みの残りの時間は教室のベランダで過ごすことになった。

かんかんに日が照っていて、ベランダの金属製の手すりには肘をつけない。

今、きっと、夏の真ん中あたりだ。

もうすぐ夏休みが来て、それが終われば、また学校が始まって、そういうことを繰り返して、いつの間にか、私も久美ちゃんも、森田君も、大人になるのだと思う。

その過去に、はる君は、いたといえるのだろうか。すでに過去になってしまったのだろうか。二度と、会えなかったら、私は――。

気を抜くと、はる君のことばかり考えている。悪い想像ばかりしてしまう。一緒にいてくれている久美ちゃんにも申し訳ないと思うのに、それでも、自分が止められない。

「あ、飛行機雲だー」

久美ちゃんの声に、顔をあげて、空を見渡す。

グラウンドの向こうの空に、うっすらと白い直線が一本のびていた。

「文子ちゃん」

久美ちゃんが、飛行機雲の方を見たまま、少し照れくさそうに口角をあげた。夏の風に、久美ちゃんのツインテールがふんわりと揺れる。

「また、好きな人ができちゃった」

「え、」

「隣のクラスの人。最近ね、バス停でよく話すんだ。鮫島君の呪縛《じゅばく》から、完全に解き放たれました」

ちらりと横目で私を見て、久美ちゃんが悪戯っぽい表情を浮かべる。

「呪縛っていうのはあれだけど、まあ、新しい恋だよ」

「そっかあ」

どうして、いつも久美ちゃんは、自分の大切な話をしてくれるのだろう。怖がって、遠慮ばかりしている私なんかに。

どうしてなんだろう。

前は考えなかったことを、最近、時々考える。

何かあるとすぐにたくさん謝ってしまうし、いつも顔色を窺ってしまうけれど、久美ちゃんはそんな私の傍で楽しそうに笑ってくれて、秘密の話もしてくれる。

「……全部、どうしてなのかな」

人と人の繋がりというものを、前よりも感じるようになった。

蝶の羽ばたきが起こすのは、もしかしたら台風だけではないのかもしれない。今は、少しだけ、そう思っている。

「なにが？」

「なんでもないんだけどね、……久美ちゃんが、私と仲良くしてくれるのが嬉しくて、どうしてなのかなあって」

「いきなりだー」

「だって、一年生の時からだから。もっと素敵な子はたくさんいるのに、ありがとうって思うの」

今まで、こんなことは、久美ちゃんに伝えたことがなかった。だけど、今、伝えたくなった。

〝そんな簡単に、文子さんのことを、誰も嫌いにはならない。〟——はる君が、そう言っていたから。あの夜に逃げ出してしまったことをすごく後悔しているのに、はる君にもらった言葉だけは、温かくて、瑞々《みずみず》しさを保ったままだ。

「文子ちゃんが、私のツインテール、めちゃくちゃ丁寧に描いてくれたから」

「え？」

「一年生の美術の授業の最初に、似顔絵を描き合うみたいなことしたじゃん。たまたま、私と文子ちゃんがペアになったでしょ。私は、適当に文子ちゃんのこと描いちゃったけど。文子ちゃん、すごい真剣でさ。のぞいたら、ツインテールだけ、すごい綺麗に描いてくれてたんだよね」

「それで？」

まさか、そんな理由でここまで仲良くしてくれているのだろうか。

尋ねたら、久美ちゃんは、けろっとした顔で頷いて、「だって、ツインテールは私のアイデンティティだもん」と言う。

拍子抜けして、気が付いたら、笑ってしまっていた。

そういう風に、誰かと仲良くしようと思う人もいるなんて。自分にはない発想だった。だけど、久美ちゃんらしいとも思った。

久美ちゃんも笑い出す。ツインテールが、優しく揺れて、爽やかないい香りがした。

「そんなもんだよ、きっと」

「そうなのかも、しれないね」

「些細なことかもしれないけどさ、嬉しかったし。仲良くなれてよかったもん。文子ちゃんといると、落ち着くんだよね」

くるん、と指にツインテールの毛先を巻き付けて、久美ちゃんは言う。

些細なこと。そういうものの積み重ねで、好きになったり、嫌いになったりするのかもしれない。

久美ちゃんと美術の授業で似顔絵のペアにならなかったら、こうしてベランダに出て飛行機雲を一緒に見ることもなかったということだ。

「ありがとう」

「いーえ。こちらこそ」

「……好きな人、よかったね。私も嬉しい」

鮫島君はきっと相変わらず恋人と仲良くしているだろうし、違う人を好きになって久美ちゃんが幸せそうにしてくれるなら、それが一番だ。

久美ちゃんは、また、飛行機雲の方に視線を戻して、「よかったよ」と言った。

「鮫島君に、告白してよかったって、やっと思えたよ。言えてよかった。彼女がいるって分かっていても、もしかしたら、いつかは告白してたかも。振られるのが前提でも、伝えないと消化できないものとか、あるじゃん」

「そうかな」

「結果として、そう思えたから。とにかく、前に進めて、よかった」

久美ちゃんがそう言うなら、それでいい。

伝えないと消化できないもの。恋とは、そういうものなのだろうか。

「あの、飛行機、どこ行くんだろうねー」と独り言のように呟く久美ちゃんを、じっと見つめる。本当に優しくて可愛い人だ。

――〝そんな簡単に、文子さんのことを、誰も嫌いにはならない。〟また、頭の中では君の言葉が再生される。

本当だろうか。信じてみたくなってしまう。心の距離を、もう少し、近づけてもいいだろうか。

相談してみたい。

今、初めて、そう思っていた。

久美ちゃんは、私よりも恋を知っている女の子だ。ごくん、と唾《つば》を飲みこんで、思い切って唇を開く。

「……久美ちゃん」

「うんー？」

「好きな人の話、してもいい？」

「え！　文子ちゃんの好きな人？　していい。むしろ、ずっと待ってたくらいだよ」

久美ちゃんの好意的な反応に安堵しながら、熱いベランダの手すりに指先だけ触れさせて、目を落とす。どうしたら、言葉にしても砕けないままにしておけるだろうか。そんなことを考えながら、悩みの上辺だけを大切に掬った。

「……優しくて、自分と似ているところもあって、知り合って少ししか経ってないのに、いつの間にか好きになっていた人がいたんだけど」

「うん」

「その人に、もう会えるかどうか分からないんだ。逃げちゃった、私。だけど、好きなの。……どこのだれかは言えないんだけど」

「秘密主義だー。文子ちゃんらしいからいいけど」

「ごめんね」

「……でも、それって、ゼロパーセントなの？」

「へ、」

「会えるかどうか分からないって、ゼロパーセント？」

「分からない」

いる。

本当に、分からないのだ。怖くて、森田君に確かめることさえできず、私は逃げている。

正直に答える。

「分からないって、どういうこと？」

「何とも言えないというか……」

「もし、会える可能性が少しでもあるんだったら、賭けるべきだよ。何とかして会おうとしなきゃ、いつか、人って本当に会えなくなるから。ダメもとでもなんでも。後悔ってさ、なにかした後じゃないとできないし。文子ちゃんは、告白したいの？」

「……それより、ただ、」

また、会いたい。

言ったら、本当のことになる。

上手く笑えないけれど、頑張って口角をあげたら、「恋ですなあ」と、お姉さんのような声で久美ちゃんが言った。

そうだ。恋なんだ。はる君に、私は、恋をしている。

慎重に頷いたら、「応援してるからね。それしかできないけど。文子ちゃんに似ている人なら、きっといい人じゃん」と久美ちゃんが笑った。

「会えるといいね」

「う、ん。……ダメもとでも、頑張って、みる」

なにかした後じゃないと、後悔できない。それならば、私のはまだ、後悔じゃないのかもしれなかった。

「きっと大丈夫だよ。なんか、大丈夫な気がする」

「どうして？」

「空、青いから？」

「ふ、……うん。頑張ってみる。ありがとう」

久美ちゃんは、どういたしまして、と言って、冗談めかして、ツインテールを揺らした。きゅるんとした髪が揺れて、太陽の光が反射する。

まだ、会えるチャンスはあるかもしれない。空は青くて、きらきらしている。

逃げ出してしまったことを嘆いて、ずっとうじうじしていたけれど、ここにきてようやく、勇気のようなものが出てきた。久美ちゃんのおかげだ。

「それにしても、文子ちゃんに好きな人ね」

「……う、ん」

「……そんなこと、言ってくれたことなかったから。教えてくれて嬉しい」

「私も。打ち明けられて、嬉しい」

心の距離を近づけてみれば、前よりも、気を抜いて話すことができるのだと知る。

まだ、怖さがなくなったわけではない。だけど、なんだか、今は大丈夫なような気がしていた。

空が青いから。そうやって、久美ちゃんが言ったから。

はる君に会うためにはどうすればいいか。

風に踊る久美ちゃんのツインテールの毛先を視界に入れながら、考える。それで、私は、手紙を書こう、と決心した。

そもそも、手紙から、私とはる君の交流は、始まったのだ。まだ、はる君からの返事は来ていない。もう、来ないのかもしれない。

だけど、会える可能性が、ゼロパーセントかどうかは分からない。可能性がまだ、残っていることを信じたかった。

飛行機雲は、真昼に浮かぶ流れ星だということにする。

じっと見つめて、勝手に願う。

まだ、はる君がこの世界に存在していますように。ふ、と空気を抜くように笑ってほしい。あなたが好きなのだと、一度だけ、どうしても、はる君に言ってみたい。

＊

はる様

返事を待たずに、お手紙を書いてしまいます。

はる君が会ってくれた夜、逃げ出してしまい、ごめんなさい。ただ、嬉しかったのに、それと同じくらい怖かったのです。

はる君、また会えないでしょうか。無理を言ってしまっていたら、本当にごめんなさい。はる君に会いたくて。また、一度だけでも、会ってくれないでしょうか。

来週の土曜、前に待ち合せた隣街の駅で待っています。午前十時から、待っています。強引な約束になってしまっていると思います。本当に、ごめんなさい。

わざと、ボールペンで書いてしまっています。

あなたの優しさに、きっと私、甘えてしまっていますね。初めて手紙を書いた時の私には考えられなかったことです。本当に感謝しています。言いたいことも、言いたくないこともあって、ただ、会いたいという気持ちだけは、何の偽りもなく、本当です。伝えたいことが、あります。

はる君、待っています。

保志文子

＊

飛行機雲に願った翌日の放課後に、森田君の下駄箱に手紙を入れた。今回は、本当に、森田君にラブレターを送る人のようになっていたと思う。

私と森田君だけが知っている秘密を、このままずっと、守っていたい。

そう、思い続けたい。


勝手に約束をとりつけた土曜日は、朝から雨が降っていた。

午前十時とはる君への手紙には書いたけれど、私は、午前九時半には駅に着いてしまった。

まだ、はる君の姿はない。来てくれるのかも分からない。だけど、夜までずっと待つと決めていた。そうしなければ、諦めきれないと思ったから。

電車の到着と発車を告げるベルが何度も重なるように鳴っている。改札を抜けて、少し歩いたところで立ち止まる。

柱に背を預けて、ひたすら待っていた。

「文子さん」

約束の時間の数分前。不意に、横から声をかけられた。

控えめな声。それでも、喧噪《けんそう》の中、真っ直ぐに、鼓膜へ届く。

ゆっくりと声の元に顔を向ける。そこには、薄暗い表情をした彼が立っていた。その薄い唇が、「待たせて、ごめんね」と動く。

思わず、わあ、と震えるような声を出しかけて、慌てて、口を噤んだ。目の奥に熱が生まれる。首を何度も横に振った。

猫背の人が、目の前にいる。また、はる君に会えたんだ。可能性は、ゼロパーセントじゃなかったんだ。

まずは、謝りたかった。逃げ出してごめんなさい、とちゃんと言いたかった。

「……バスで、来たんだ。手紙、嬉しかった」

「都合もきかずに、ごめんなさい」

「……大丈夫だよ」

「入れ替わるの、きっと、難しかったよね」

「……ううん。文子さんは、気にしなくてもいい」

「この前の夜も、逃げてしまって、ごめんなさい」

頭を下げる。そうしたら、はる君がそっと顔を覗き込んできた。

湖みたいな瞳。優しく、「文子さんは悪くない」と言われて、また目の奥に新しい熱が生まれる。

だけど、泣きたくなかった。はる君に、笑ってほしかった。だから、私も笑っていなければならないと思った。

　この人が好きだ、と思う気持ちと、寂しいと思う気持ちがなぜか一緒になって膨らむ。それでも今日は、前者の気持ちだけをぎゅっと抱きしめて過ごしたいと思った。

「はる君」

「……うん？」

「今日は、私、考えてきたんだ。喜んでくれるか分からないけど、はる君が来てくれたら、どういう風に過ごすか、いっぱい考えた。嫌だったら、ごめんね。だけど、はる君、来てくれたから。今日は、私に、任せてくれないかな？」

　ドキドキしながらそう言ったら、はる君は、何度か瞬きをした後、目じりに微かに皺を寄せた。苦しそうな表情のように私には見えた。だけど、すぐにはる君は、

「……すごく、楽しみ」と言って、頷いてくれた。

　雨は一向に止む気配がなく、街全体を濡らしている。

　私たちは駅を出て、別々の傘の中に入りながら、歩いた。傘に隠れて表情があまり分からない。雨音のせいで、歩きながら、なかなか会話もできない。

　だけど、ただ一緒に歩いているだけで、私は満たされて、もう一度彼に会えたことに対しての喜びを感じていた。

　街はずれの小さな映画館の前で、足を止めた。

「映画？」と、はる君に尋ねられ、「もちろん、恋愛映画ではないから」と答えたら、はる君が傘の向こうで口角を優しくあげた。

シェイクスピアの生涯《しょうがい》を映画化した作品。それが上映されると映画館のホームページに書いてあった。はる君の手紙に、シェイクスピアの詩のことが書かれていたから、気に入ってくれるんじゃないか、と思ったのだ。

「これなんだけど、どうかな」と、数枚のポスターの中から、はる君と見たいと思っていた映画のポスターを指さしたら、はる君はじっとそれを見つめて、「僕も、見たい」と言ってくれた。

私とはる君は、映画館の一番後ろの隅で、映画を鑑賞した。

途中で、そっと隣を確認したら、はる君は薄暗い中で真剣にスクリーンを見つめていて、いつもは猫背なのに、なんだか少しだけ姿勢がよく見えた。

また、はる君と一緒に、こうやって映画が見たい。私は、スクリーンの中でシェイクスピアの生涯が閉じる前に、そんな気持ちでいっぱいになってしまった。

映画を見た後、雨音の間で、私とはる君は少しだけ映画の感想を交換して、初めて会った時と同じお蕎麦屋さんに行った。私はかけ蕎麦を、はる君はおろし蕎麦を注文した。

向かい合って、お蕎麦をすする。

「美味しい」と私に言うでもなく、はる君が呟く。そうだね、私ははる君と食べているから、美味しい。そう、心の中で返事をした。

まだ、躊躇ってしまっている。

会えただけで十分で、だけど、時間というものは流れていって、私たちは留まれず、一秒前を手にすることはできない。あの夜のように、何もしないで、後悔さえできずに今日を終えたくはなかった。

お蕎麦を食べ終えて、私たちはまた雨の中を歩いた。今日の最終目的地へと向かっている。

本当は、今日、晴れてほしかった。眩しい太陽の下を歩きたかった。

だけど、陽の光のない雨の日でも、美しいものは、美しい。

数十分ほどで、目的の場所へとたどり着く。コンクリートの階段をのぼった先で立ち止まり、傘の隙間から、そっと隣を窺ったら、唇をぎゅっと噛んだ猫背のはる君がいた。

「ここに、一緒に、来たかったんだ」

「……うん」

「ごめんね。お花なんて好きじゃないかもしれないけど、……ネモフィラ畑に行った時、すごく綺麗で、はる君も楽しんでくれているように、私には見えて。だから、」

あなたの目が綺麗に映すのは、淡い青色だけじゃないんだね。

光よりも強い黄色。あたり一面の向日葵《ひまわり》が、はる君の瞳に映っている。

無数の向日葵が咲く丘には、雨が降っているからか、誰もいない。

今日は、ここが本命だった。

ぽつ、ぽつ、と雨の音だけがする世界で、太陽の力を借りずとも、向日葵はまるで発光でもしているかのように黄色く咲き、堂々と立っている。ここでなら、勇気を失わずにいられるのではないかと思った。

「……嬉しい」

「へ、」

「文子さんと、ここに来れて、……嬉しい」

「それなら、うん。よかった」

はる君の言葉に、心が少し穏やかになる。

しばらく、私とはる君は、向日葵畑の前に立ち止まったままでいた。

だけど、ずっとそうしているわけにはいかなかった。時間は有限だ。深く息を吸い込んで決意する。

今日、はる君に言おうと思っていたことがあった。

土砂降りの雨の中、勢いで助けてしまっただけなのに、私のその行為を優しいと言ってくれた人。中学生だったあの頃、何もかもが怖くて、自分を否定することでしか、うまく呼吸ができなかった。

それなのに、この前の夜、はる君に、あの頃の自分を少し肯定してもらえたような気がした。そのことに、どれだけ救われたか、はる君は知らないだろう。

「はる君と、初めて会った日も、雨が降っていたんだよね」

「うん。土砂降りの日だった」

「まさか、その人が、はる君だなんて、思わなかった」

「……思われなくて、本当によかったよ」

「……あのね、はる君に、聞いてほしいことが、ある」

一歩前に足を踏み出す。

向き合うようにして立ったら、はる君がゆっくりと頷いた。

初めて、言葉にしようとしていること。鎖で雁字搦《がんじがら》めにして閉じ込めて、もうどうにもならないのに、手放せない過去がある。

目を閉じる。向日葵の残像が、瞼の裏に浮かんだ。

それから、また目を開いたら、月のような翳りをもつ、だけどどこまでも優しい顔をしたはる君がいた。

「……私ね、人を、すごく傷つけたことがある。とても、大切で、大好きだった人を、傷つけてしまったことが、あるの」

私には、幼い頃からずっと仲の良かった幼馴染《おさななじみ》がいた。朔《さく》、という名前の、私の家の向かいに住んでいる中性的な顔立ちをした男の子だった。

彼を、思い出す度に、今も、心臓は苦しい音を立てる。

朔とは、小学校も、中学校も同じだった。人見知りをしがちな私にとって、一番仲のいい友人だった。

中学一年生の秋、学校からの帰り道だったと思う。

俺は男の人が好きなんだと思う。

彼は、私にこっそりとそう教えてくれた。文ちゃんにしか言わない、と言って、私の反応を確かめるような、少し怯えた目を彼はしていたと思う。

私は、その時、慎重に頷いて、あとはもう何も言わなかった。本当のことを言うと、朔が私を好きになることはないんだ、とほんの少しだけがっかりしていた。

「幼いころからずっと仲が良くて、本当に大切だったのに。その人にね、絶対に言ったらいけないこと、言ったんだ。あなたが大切だからって、その気持ちを武器みたいにして、とにかく目を覚ましてほしくて」

あの頃、朔が私に打ち明けたことは、周りの人にはあまり理解してもらえないのかもしれない、と私も朔も漠然と思っていた。本当はどうだったのか、分からない。だけど、朔にとって大切な気持ちだと分かったから、壊れないように守っていたかった。勝手に、壊れもののようにしてしまっていた。

中学二年生の春、朔に、恋人ができた。

四十歳の男の人で、仕事はしていないけれど、優しい。朔は、そう言っていた。嬉しそうに、教えてくれた。朔は、本当に幸せそうだった。たぶん、初恋だったんだと思う。

だけど、私は、朔は絶対に騙《だま》されていると思った。そうじゃなくても、その男の人に危険な目にあわされてしまうんじゃないかって、怖かった。

十四歳の子どもと交際する四十歳なんて、まともじゃない。別れるべきだと、何度も何度も、朔に伝えた。

それでも、朔は自分の恋を譲《ゆず》らなかった。

大切だったから。私が、朔を守らなければいけないと思った。

守ってほしいなんて、朔に言われたわけでもないのに。きっと、朔は、私に知っておいてほしかっただけなのに。朔のためなのに、どうして分かってくれないのかと、次第に悔しくなっていった。

きっと、心の距離が近すぎたのだ。

なんでも言い合える。そういう仲だったけど、なんでも言い合っていいわけじゃない。どんなに近い距離にいたって、傷つける資格なんてない。

そのことを、あの頃の私は知らなかった。

「中学生の時、その人ね、私たちと三十歳くらい年が違うおじさんと付き合ってたの。……私、その人が何か危険なことに巻き込まれるんじゃないかって思ったら怖くて、その人の恋する気持ちが、ほかの人に否定されやすくなる気がして、それもすごく嫌で。相手と別れてほしくて、とにかく、どうしても、別れてほしかった。でも、その人は、別れてくれなかったから。悔しくて、自分の気持ちがその人に伝わらないことも歯痒くて……思いっきり、言葉で、傷つけちゃった」

「……うん」

「――気持ち悪い。吐き気がする。誰も、好きになってくれないから、そういう残念な存在に逃げてるだけだよ。間違っていることをしているから、絶対に、あなたは、幸せになんてなれない。みんな、気持ち悪いって思うよ。……そういうことを、私、言ったの。必死で、言えてしまった」

「……文子さん、が？」

頷いたら、朔の顔がまた浮かぶ。

後悔している。もうずっと、永遠に後悔し続けると思う。

誰を好きになってもいい。だけど、未成年に手を出す大人は間違っている。朔はまだ十四歳で、私たちは何も世界を知らなくて。性別なんて、そんなの関係なかった。だけど、朔は、男とか女とか、そういうことをすごく気にしていた。関係ないと、軽々しく思えていたのは私だけだった。

どうしたら、うまく伝えられたのだろうか。

どんな風に言っても、朔を傷つけていたと思う。

棘だらけの言葉を投げつけた私に、朔は、絶望したような顔をして、それから、虚ろな目で笑った。

──『文ちゃんの正義って地獄みたいだ』

一字一句覚えている。

あの日も、雨が降っていたと思う。土砂降りの雨。まるで、爆弾のように、たくさん降っていたと思う。

「私、今でもね、自分が感じたこと、全部は間違ってないって思うの。だけど、だめなの。気持ち悪い、はだめだった。吐き気がする、もだめだった。伝えた言葉は、全部間違ってた。正しいことを正しく伝えなかったら、傷つけるために伝えたら、それは、もう、正しくない。自分こそが正しいって思ってる時点で、たぶん、私、正しくなかった」

朔とは、そこから少しずつ疎遠《そえん》になっていった。

だけど、家の近くで会った時に、『別れた。まだ、文ちゃんは俺のことが気持ち悪い？』と怯えたように言われて、本当に私は取り返しのつかないことをしてしまったのだと分かった。

私が、彼の心も恋も粉々にした。

それから、しばらくして、朔は、学校にも来なくなった。どうしてか、理由は知らない。聞けるわけがなかった。知らないから、全部、私のせいだ、と思った。

「中学二年生の秋頃、その人、引っ越しちゃった。知らない間に、家が空っぽになってた。お別れもできなかった。もう二度と会えないと思う。一生、ごめんねも言えない。傷つけたまま、私がぶつけてしまった言葉は、一生返ってこない。それで怖くなった」

「う、ん」

「私たち、言葉がないと、分かり合えないの。分かってるんだ。だけど、間違えた。それで、怖くなった。本当に、傷つけてしまったから。自分が、傷つけることができるって知ったから。その人がいなくなってから、どうしてか分からないけど、全て、怖くなっちゃった。何も言わなければ、誰も、傷つけることがないと思った。心の距離を近づけなければいいんだって思ってた。この世界が、どうでもいいと思えることばかりであってほしかった。そうやって、怖がってばかりいたら、人の意見に同意しかできなくなった。いつの間にか、なんにも断れなくなっちゃった」

そんな時に、きっと、はる君と会ったんだ。

視界がぼやけてしまう。黄色が滲む。はる君の方を見ることができなかった。

どうにもならないことがある。取り返しのつかない過去がある。

だけど、最近、思ったのだ。反省し続けることと、前を向くことは、同時にできるのかもしれない。

「文子さん、後悔しているの？」

「……してるよ。すごく、すごく、してる」

「……僕は、それが、全てだと思う。」

「……私もね、最近、そう思うようになれたの。……はる君の、おかげなんだ。はる君にもらった言葉で、たくさん救われた。はる君は、弱い私のことを認めてくれて、それで、私、少しずつだけど、あの頃の後悔以外のものを、手放してみようと思えた。……本当に、はる君のおかげなんだよ」

彼のおかげだ。人を傷つけるような私でも、誰かの役に立ててしまうと知った。

ただ、今日は、過去を吐き出して、楽になりたかったわけじゃない。

私が伝えたいことは、まだ伝えられていない。これから、言うつもりだった。

目元を擦って、涙を拭う。それで、はる君と向き合うようにして立った。

後悔したくない。慎重に、間違えないように、伝えるから、聞いてほしい。

はる君の瞳に私が映る。これからも、そのままであってほしいと思いながら、私は頑張って笑った。

「……私、少しだけ、変われたんだよ。はる君と出会って、勇気をもてて、友達ともね、少し、心の距離を縮めることができた。林間学校の時なんて、久しぶりに誰かのお願いを、断ることができた」

そのどれもが怖かったけど、全部、嬉しかった。自分のことを、また信じてみようと思えている。

「あのね、はる君、」

「う、ん」

笑って、ほしい。

はる君の存在を望むことが森田君にとっては、マイナスなことであったとしても、逃げ出してしまった夜のように、怖がったままではいたくない。

「好きだと言ってくれて、すごく、すごく、嬉しかった。間違っているかもしれないけど、やっぱり、私ね、はる君は森田君の弱さではないと思う。あなたは、優しくて。優しさが弱さなわけがないと思う。はる君、大切なんだ。すごく、大切。存在している理由とか経緯なんて、なんだっていいの」

「……っ、」

「はる君が、好きです。消えないでほしい。好きだから、これからも会いたい。かけがえがないの。私にとって。はる君は、いつの間にか、そういう存在になってた。……お願いだから、消えないでほしい」

　好きです。

　最後にもう一度だけ、そう言葉にして、口を結ぶ。

　その刹那で、はる君の目から、透明のしずくが頬に滑り落ちていった。

　どうして、あなたが、泣くの。

　そう思ったのと、「ごめん」と彼が言ったのはほとんど同時だった。

　傘が、彼の手から、離れて地面に落下する。もう一度、「ごめん」と、唇が動く。

　彼の身体が雨に濡れていく。

「もう、これ以上は、……だめだ」

「なに、が」

「もう、いないんだ」

「へ、」

「ごめん。違う。今日は、……いつも、保志さんが、学校で会っている森田陽なんだ。騙すようなことになって、ごめん。はるは、もういない。消えたよ」

「…………」

「……保志さんには、もう会えないと思う。……二度と、……会えないと、思う」

そう言って、目の前の彼は、泣きながら笑った。

頭が白くなっていく。

「え、」

ああ、なんだ。

私、間に合ってなかったんだ。ひとつも、間に合ってなんてなかったんだ。

どうして、気づかなかったのだろう。はる君だと思っていた。信じ切っていた。必死に信じようとしていただけなのかもしれない。

――はるは、もういない。

彼は、そう言った。

身体から力が抜ける。傘を手放して、その場にしゃがみこんでしまう。

「うそ、だ」

「……本、当」

「本当に、もう、いないの？」

うん、と言う声が震えている。

目の前がよく見えなくなる。雨のせいだ。違う。涙が溢れてくる。

「……っ、私、結局、何も、返せなかったの？　たくさん、救われたのに、好きだと言ってくれたのに、……っぅ、また、会いたかったのに、私、間に合わなかった？どうすれば、いい？」

「保志、さん」

息が、うまくできなくなってくる。泣きじゃくるしかなくて、胸が張り裂けそうなくらい痛くて、獣みたいな嗚咽《おえつ》が漏れる。

言葉は、傷つける。言葉は、間違える。

言葉は、言っても言わなくても、やっぱり、後悔ばかりを連れてくる。

何も返せなかった。

伝えたかった。あなたが、好きなのだと。あなたが、必要なのだと。あなたは、弱さなんかじゃないと。出会ってくれて、前を向かせてくれて、ありがとうって、私、はる君に、伝えたかった。

「っ、ぅ、……っ、言いたかったの、ありがとう、って、」

雨に濡れていく。私はしゃがんだまま、しばらくずっと、泣いていることしかできなかった。

その時だった。

雨音に衣擦《きぬず》れの音が混じる。

目の前の人が、しゃがみこんだかと思ったら、次の瞬間には、ぎゅっと、引き寄せられていた。

温もりに、包まれる。耳元で、「……はるは、嬉しかったから」と優しい声がする。私は、耐え切れず、瞼を、閉じた。

「自分が、いていいんだと思えた、から。嬉しかったと思う。……保志さんと仲良くなって、幸せだったと思う。だから、……思い出に、してあげてほしい。保志さんにとってもその方がきっといいから。はるは、それを望んでいると思う。泣かないで、ほしい、と思う。全部、伝わってると思う。保志さんが、幸せになってくれれば、それでいいから。もう、十分だと思ってる」

泣き声だ。だけど、それは、穏やかなものだった。

もうすでに、森田君ははる君との別れを受け入れているのかと思った。

頭をそっと撫でられる。涙は、止まらない。ゆっくりと瞼を押し上げて、顔をあげたら、森田君の濡れた瞳に向日葵と私が映っていた。

光の真ん中に、いるみたいだった。

「ありがとう」

彼は、そう言って、笑った。

9　夕暮れの真実

あれから、すぐに夏休みが始まった。

他人を気にすることなく、気持ちの整理をする時間をもてたから、ありがたかった。はる君からもらった手紙を入れた机の引き出しは、鍵をかけたまま、開けられずにいるけれど、少しずつ、少しずつ、夏の間に、もうはる君が存在していないということを受け入れようとしていた。

人が死ぬということを認めるのとは少し違う。死体は焼かれ、灰は土や海に還《かえ》る。はる君の場合はそういうものとは別で、消滅、という言い方が正しい気がした。もう、はる君は、いない。死体にもならない。この宇宙のどこを探しても、存在しない。まるでエラーのようだったけれど、確かに人格には光が灯っていた。それが消えてしまったのだと思う。

森田君は、どうやって夏休みを過ごしているのだろう。どういう風に、はる君の喪《そう》失《しっ》を受け止めたのだろう。

教えてほしかった。思い出には、まだ、到底できるわけがなかった。好きだという気持ちが、どうしても消えない。

はる君の夢を、何度か見た。私も、はる君も、夢の中では笑っていた。目覚めてから、現実の冷たさに、絶望した。

全部、覚えている。忘れられるわけがない。控えめな眼差しも、恐る恐るという風に言葉を紡ぐ唇も、文子さん、と呼ぶ声も。

伝えられなかったことを後悔している。それでも、前に進まなければいけなかった。

私たちは、留まれない。どれだけ立ち止まっていても、過去になることはできない。

向日葵畑で、ありがとう、と言った森田君の笑顔が頭からずっと、離れなかった。

あれは、まるで、全ての秘密のピリオドであったんじゃないかと思うのだ。

久美ちゃんと遊ぶこともなく、家族でどこかへ出かけることもなく、夏のほとんどを部屋で過ごした。肌は日に焼けることもなく、ずっと、青白いままだった。

夏休みが終われば、また、学校に行かなければならなかった。

教室には、森田君がいるだろう。もう一人を失った、完全な彼だ。

私はどういう気持ちになってしまうのだろう。受け入れているつもりになっているけれど、上手に笑う彼を見た瞬間、泣きたくなってしまったら、どうしよう。

そういう不安を抱えながら、登校したけれど、状況は予想とは少し違っていた。

森田君の、元気があまりなかったのだ。

相変わらず、クラスの真ん中で笑っているけれど、本当に、すごく、無理をしているように見えた。笑い声も、誰かに何かを言う声も、全部、なんだか、ぎこちなく感じた。

「おい、陽ー」

「うん？」

「今日の放課後、久しぶりに遊びに行く？」

「あー、パス。直帰する」

「まじ？　つーか、夏休みもそうだったけど、なんか、陽、ここ最近、付き合い悪くない？」

「はは、そうかも。悪い」

きっともう、あの日の向日葵たちは萎み始めている。森田君の笑顔にはそれと同じようなものを感じた。

継《つ》ぎ接《は》ぎだらけの幸福を抱きしめて、弱さを見せることはせず、忍ばせている。だけど、はる君が消えてしまったことに喪失感を抱いているのは、私だけではないのかもしれないと思ってしまう。

こんな時でも、自分の幸せを森田君は証明していたいのだろうか。

私たち、はる君がいなくなったことに、結局どう向き合えばいいんだろうね。そう尋ねられないまま、数日が過ぎていった。

「……久美ちゃん」

「うん？」

「結局、伝えられなかった」

昼休み。夏休み前は、太陽の熱のせいで肘なんてつけなかったベランダの手すりに、もう躊躇うことなく肘をつけてしまう。

久美ちゃんと二人で、ベランダに出て空を眺めていた。

夏が、終わろうとしていた。

相談に乗ってもらっていたから、報告するのが礼儀だと思った。

久美ちゃんは、私の報告に、苦い顔をして「そうやって、私らは大人になっていきますよね」と、お姉さんみたいなことを言った。

「文子ちゃん、後悔してる？」

「してるけど、前に進むしかないとも、思う」

「まあ、そうだね。たられば を、乗り越えていこう」

今日も空は青いから大丈夫、と久美ちゃんが言う。

小さく頷いたら、こつんと身体の半分を久美ちゃんがくっつけてきた。

「失恋カウント、お互いに、イチだ」

「うん」

「全然嬉しくないお揃《そろ》いだね」

「そうだね。久美ちゃんは、好きな人のこと、頑張ってね」

「文子ちゃんは、元気出して」

うん、と頷いて、空に視線を移す。

飛行機雲は、どこにもない。ただ、青い空が広がっている。

近づけた心の距離は、夏休みを挟んでも、変わらなかったみたいで、私は、やっぱり前よりも少しだけ気を抜いて久美ちゃんと話せていた。

たられればを、乗り越える。

そうしたら、はる君は、思い出になってしまうのかな。そういえば、あの頃ははる君のことが好きだったな、と懐かしく思える日が来るのかな。

そうだとしたら、すごく怖い。留まれない、と分かっていながら、ずっと彼を好きでいたい、と、まだ思ってしまっている。

はる君が存在しないことを受け入れようとしているけれど、彼と交わした言葉や彼との記憶はずっと残ったままで、彼への思いは、今の自分の心に、確かに生きている。

もう一度だけ、落ち着いて、森田君と確かめ合うべきだと思った。

はる君という存在がいたことを。はる君のことを。

私は、そうしたかった。

だけど、その願いを押し通して、森田君を傷つけてしまうのが嫌で、私は、森田君が大きな円の真ん中で頑張って笑っているところを、諦めたような気持ちで密かに瞳に映すことしかできなかった。

このまま、本当に、全てが過去になってしまうのだと、思っていた。

だけど、夏休みが明けて、数週間後の朝。重たい瞼を擦りながら、下駄箱を開くと、上履きの上に、一枚のメモが置かれていた。

見間違いかと思って、一度下駄箱を閉じて、また開く。だけど、そこには、やっぱり、同じ光景が広がっている。

どうしたのだろう。もう、森田君の中では完結してしまったことだと思っていた。

封筒ではない。だから、期待はしなかった。

恐る恐るメモをつまんで、制服のポケットに忍ばせる。それから、トイレの個室の中で、確認した。

『保志さんへ　一度、関係を疑われて、保志さんに迷惑をかけたから、手紙にしました。放課後、話したいことがあります。中庭の花壇のところで待っていてほしい。森田陽』

メモには、それだけが書かれていた。

あまり丁寧ではない、シャープペンシルの文字。はる君の筆跡ではない。

メモを二つ折りにして、制服のポケットの中に戻す。

教室に行けば、すでに森田君の姿があった。前の扉から入る。

その時、森田君と、ぱちりと目が合った。逸らす前に、頷かれて、その頷きが何を意味するのか分からないまま、私は彼にだけ分かるくらいの動きで頭を下げた。

森田君は放課後、私に何を話すつもりなのだろうか。

一番恐れていたことはすでに起きていて、もう私は何を聞かされても平気でいられるのではないかと思った。何でも、聞くつもりだった。

ただ、あの日――森田君がはる君のふりをしていた日、彼の前で私は、泣きじゃくり、彼に抱きしめられた。かなり悲惨な姿を見せてしまったと、冷静になった今なら分かる。彼の泣き顔も、しっかりと見てしまった。

私と森田君は、物理的な距離をなくして、無防備な涙を見せあった。

そのことには、少しの気まずさを感じている。


放課後、ホームルームが終わってすぐに、中庭の花壇へ向かった。

コスモスが咲いている。まだ、森田君は来ていないみたいで、私は、花壇の隅に座って待つことにした。

しばらくすると、校舎からこちらに向かって歩いてくる人影が見える。よ、という風に手を振られ、私もおずおずと手をあげた。

彼は、私の前で立ち止まり、「また呼び出して、ごめんな」と言う。

森田君は、向日葵畑で泣き合った日のことを、もう、あまり気にしていないようだった。或《ある》いは、気にしないふりをしてくれているだけなのか。

困ったように笑いながら、彼は、私の隣に腰をおろす。さらさらと、夕暮れの風が頬をなでる。

私たちは、しばらく黙ったまま、ただ並んで座っていた。

私は、何を言葉にすればいいのか分からなかったし、森田君が話し出すのを待っていなければならないと思っていた。

その時、一際《ひときわ》強い風が吹いた。

それに続くように、「保志さん」と私を呼ぶ森田君の声に、短い沈黙が破られる。

森田君の方に顔を向けて、首を傾げる。彼は、やっぱり、無理矢理作ったような笑みを浮かべていた。

「はるが、消えた」

そのことなら、もうすでに、向日葵畑で聞いている。

ゆっくりと頷いて、「言ってたね」と返事をする。そうしたら、森田君は「本当に、消えたんだ」と言う。

もう、期待なんてしていない。受け入れようと、思っている。

森田君は、自分が私に言ったことを忘れてしまったのだろうか。

「……夏休みに入る前の土曜日、十分、聞いたよ」

「え？」

「森田君が、言ってたでしょ。もう、私、大丈夫。……ちゃんと分かっているから」

もういいんだ、と伝えるためだけの笑顔を頑張って作る。

森田君は、不可解そうに眉をひそめて、首を横に振った。どうしたのだろうと思って、じっと彼を見つめる。

すると、躊躇うように彼は唇を震わせた。

「……保志さんから手紙をもらって、保志さんとはるが会うことになっていた土曜、」

「うん」

「俺、記憶ないんだ。何も、知らない」

「っ、へ、」

どういうことなのだろう。言っている意味が、分からない。

だって、あの日、森田君は、はる君のふりをしていたと言っていた。記憶がない、とは、どういうことなのだろうか。

まさか、と思う。

「森田君だ、って、言ってたよ」

森田君が困惑した表情を浮かべたまま、また口を開く。夕暮れに、彼の顔の半分だけが照らされている。

「——あの日は、俺じゃない。保志さんと会っていたのは、はるだ」

ああ、と喉の奥で、声が漏れた。

「あの日、なぜか、入れ替われた。本当に久しぶりに、入れ替わった。だけど、あの日から、はるの気配がひとつもない。だから、保志さんに、聞きたかった。少し、時間が経ってしまったけど、あの日、何があったのか、聞こうと思って、」

記憶が、頭の中を巡る。

あの日の、彼。自分は森田君だと言った、彼。もういない、と言っていたはずなのに。

ああ、とまた、喉の奥で声が漏れる。

ものすごい速度で、塗り替えられていく記憶。

「あの日、保志さんは、はると会ってたよな?」

どうして。どうして。どうして、と思う。

どうして、気づけなかったのだろう。どうして、はる君は、森田君だと嘘をついたのだろう。

最後まで、優しくて、少し薄暗い湖みたいな瞳をしていた。

そうだ。それは、はる君だけの眼差しだ。

どうして、私、分かってあげられなかったのだろう。

「うん。会った。会ってた。……会えて、いたよ」

あの日、私とはる君は、会えていたんだ。本当の、最後は、あれだったんだ。

それを理解した瞬間、目頭《めがしら》の奥にじんわりとした熱が生まれた。みるみるうちに、視界がぼやけていく。

だけど、わあ、と泣き出してしまいたいような心地ではなく、なんだか、穏やかな気持ちだった。

「……そっかあ」

涙が零れ落ちてしまう。

全部、伝わっていたのだ。そのうえで、はる君が森田君のふりをしたということ。自分はもういないのだと言ったということ。

あんまりの嘘だと思った。だけど、それが、きっと、はる君の優しさだったのだろう。それが分からないくらい、馬鹿ではなかった。

「……嘘つきだなあ、はる君は」

私は、今、その嘘を大切に心の中で抱きしめるしかなかった。

涙目のまま、森田君に視線を向ける。森田君は、少しだけ悲しそうに眉をよせたまま、「泣くなよ」と言う。私は、首を横に振って、「悲しい涙じゃない」と返事をした。

「……私、好きだって言ったの、はる君に」

「……そう」

「ありがとう、って言ってた。あの日は、それだけだよ」

泣きながら、頬をゆるめてしまう。

悲しいのに、温かくて、寂しくて、やっぱりまだ思い出にはできるわけがなくて、それでも、その全てが優しさに包まれているような気がした。弱さではないのだと、あなたが必要なのだと、ちゃんと、はる君に伝えることができていたのなら、もう十分なのかもしれない。

す、と目の下に、森田君の人差し指が触れる。それから、優しく涙をすくいとられた。

悲しい涙じゃない、とはもう言わなかった。

森田君は、悲しそうに笑っている。代わりに泣いてあげているの、と偉そうなことを思っていた。

「林間学校の夜に話したと思うけど、保志さんに仲良くしてやってって頼む前から、本当にじわじわ小さくなっていて、消えるんだろうなってことは、俺もはるも、なんとなく分かってた。はる、保志さんと仲良くできて、もう十分だって思いながらも、もっともっとって求めてて。どうしようかたくさん葛藤《かっとう》した結果、消えることを選んだんだと思うんだよ」

私のせいで、はる君は消えてしまったのかもしれない。だけど、そうとらえることを、はる君は望んでいないような気がして、もう十分だったのだ、と、精一杯思うことにした。

「はるは、苦しい時に存在し始めたから。自分は、いつか消えなきゃって、ずっと、思ってたから。そういうもの、だったんだと思う」

森田君が、自分の言葉をひとつずつ確かめていくかのように慎重にそう言った。

はる君には、あなたは弱さではないと伝えたけれど、森田君には言わないでおこうと思った。きっと、森田君とはる君は、私には分からない思いをお互いに抱え合っていたのだろうから。

保志さん、と名前を呼ばれる。森田君の喉仏が、こくん、と縦に動くのを、私は見ていた。

「でもさ、俺は怖い。これから、自分がどうなるのか分からないじゃん。怖いなって思ってばかりいたらさ、なんかもう、幸せそうにするのも、疲れてきた」

うまく笑えないんだよ、と森田君は言って、目を伏せた。

睫毛《まつげ》が、少し震えている。もしかしたら、私よりも、森田君の方がはる君が消えてしまったことを受け入れられていないのかもしれなかった。

少しずつ、焦らずに、過去にしていく。最終的には、誰にも粉々にできない思い出にする。私も森田君も。そうすることが、はる君の願いなのだと思う。

私は、そのために何ができるのだろう。今、目の前で、不安そうにする森田君に、何をしてあげられるのだろう。

教室では、うまく話せない。

だけど、何もせずに、ありがとう、と言って、このまま、森田君の感情を置き去りにしたくはなかった。

「……文通」

「え？」

「はる君と、手紙のやりとりをするのがね、すごく、楽しかったから。……もし、森田君さえよかったら、また続けてくれると、嬉しい」

記憶を重ねて、折り合いをつけていけば、いつか、森田君も大丈夫になれるのではないかと思った。

怖い、と言っていた。きっと、今、彼の心には、大きな穴が空いている。そのまま、幸福の証明をし続けたら、いつか、本当に森田君が壊れてしまうんじゃないかって心配だ。

森田君は、しばらく瞬きを繰り返して考えるような素振りをみせた後、ゆっくりと頷いて、「分かった」と言った。

「ありがとう」

「俺のこと、はるだと思えばいいからな」

「森田君は、森田君、だよ」

「でも、……保志さんは、はるのことが、好きだっただろ」

「……うん。だけど、もう、いい」

「よくないだろ」

「よくないかも、しれないけれど、もういいって、思いたい」

だって、今、私の前にいるのは森田君だ。

はる君の存在の消滅の傍で、この星に取り残されたままの私と森田君。

首を横に振ったら、森田君は寂しそうに口角をあげて、「……よくないだろ」ともう一度言った。

それからすぐに、森田君は腰をあげて、私の前に立った。見上げたら、「話したいことは、もう話したから」と言って、じゃあ、と手をあげられる。頷いて、「ありがとう」と私も手をあげた。

くるり、と背を向けて、森田君が遠ざかっていく。姿勢のいい後ろ姿だ。

そのまま、去っていくのだと思った。

だけど、森田君は、数メートル先で立ち止まり、もう一度、花壇のところに戻ってきた。

どうしたのだろう、まだ何かあるのだろうか。

少し身構えながら、首を傾げたら、「もう一つだけ、言わないといけないことがある」と、森田君は小さな声で言った。

私の足元にしゃがみこんで、上目がちに見つめられる。自信の欠片もないような表情で、彼は困ったような笑みを浮かべた。

「ごめんな」

「……なにが？」

「俺、ずっと、はるを通して……保志さんのことが好きなはるの記憶を通して、保志さんのこと見てたんだよ。保志さんに、はると仲良くしてって頼む前から」

「……え」

「最初は、ムカついてた。おどおどして、他人の言うことを何でも聞いて、なんで、こんなに生き辛そうなんだよって。わざわざ、不幸になろうとしてる感じが、気に食わなかったんだよな。はるのことを頼んでからも、しばらくそれは変わらなかった。保志さんは、俺とは全然違うだろ」

さらさらと森田君の前髪が風に揺れている。

湖とは少し違う。瞳の中は、夕暮れのせいか、穏やかに燃えている。

「でも、保志さんは、大事にするから。色んなことを、雑に扱わない。それを、はるの記憶から、知っていたんだよ。一つ一つを大事にできるのはさ、傷つけたことがあるからだって分かった。……ネモフィラ、はると見に行っただろ。あいつ、記憶を共有しないで独り占めするんだろうなって思ってたけど、しなかった。嬉しかったんだろうな。保志さんと、仲良くしてること、俺に自慢したかったのかも。恋愛とか、結局、自分の親みたいに終わるから、虚しいものだって、ずっと思ってた。はるも同じだったくせに、俺をおいて、変わっていったんだよ」

私は、じっと、森田君の声に耳を傾けていた。

「それでさ、怖がりながら、一つ一つ、たくさん考えて大事にする保志さんを、途中から、……俺も、見てた」

「………っ、」

「林間学校の夜、保志さんが俺に、無理に笑わなくていい、って言った時さ、自分の弱いところを撫でられた気がした。保志さんとはるは、似てるんだよな。保志さんが、弱いって言ってるわけじゃないよ。俺が大切にできないものまで大切にしようとするんだよ。それで、あの夜、保志さんのことを思うはるの気持ちは、あ、こういうことかって気づかされて」

森田君は気まずそうに、俯いた。

そんな風に、森田君に思われていたなんて、私はひとつも知らなくて、ただただ驚いていた。俯いたことであらわれた彼のつむじを見つめていたら、「共有しなかった」と、森田君が呟く。

「え？」

「本当は、あの日、はると保志さんが会うはずだったのに。一緒に蛍を見た時の記憶を、俺、はるとは共有しなかった。独り占め、したくなったんだよ」

「…………」

「恋愛なんて、しないはずだったのに、今、保志さんに好意を抱き始めてる。俺は、初めてだから、よく分からないけど、たぶん、これは好きってことなんだと思う。でも、別にいいから。知ってくれてるだけでいい。……分かってるし。保志さんは、俺じゃなくて、はるが好きだった。はるも、俺の何倍も、保志さんのこと好きだったから。はるが、それを保志さんに伝えたかどうか、俺は知らないけど」

はる君は、あの夜のことを、森田君とは共有しなかったみたいだ。

好きだと言ってくれた。自分ができたきっかけを教えてくれた。だけど、はる君が記憶を共有しなかったのならば、それを、森田君に伝えることはしないでおこうと思った。

森田君が予想だにしなかったことばかり言うものだから、どう返事をすればいいのか分からず、固まってしまっていたら、ごめん、とまた彼が謝ってきた。

さっきから、たくさん謝られている。森田君らしくなくて、まるで、前の自分を見ているみたいだった。

「謝りながら、伝えたいわけじゃなかったけど、でも、保志さんに、知っていてほしいと思ったから。いろんなことに、巻き込んで、悪かった。でも、やっぱり、何もかも、保志さんでよかったと思ってる」

はる君がいなくなってしまったことを、まだずっと怖がったままでいるのに、私のことまで気遣ってくれる。はる君とは違うけれど、森田君だって、優しい人だ。

でも、それだけじゃないから、苦しそうに笑っている。

森田君が私を好きだなんて、考えられないけれど、さすがにこの状況で疑いの気持ちはもてなかった。ありがとう、とだけ慎重に返す。

森田君は立ち上がって、「保志さんも。はるのこと、本当にありがとう」と言った。

また背を向けられる。そして、今度は、そのまま去っていった。

一人、夕暮れに取り残される。

涙が、また溢れてきた。

最後にはる君と会った日の記憶を丁寧になぞりながら、目を閉じた。

本当に、どこまでも、優しい人だった。大好きだった。今も、好きだ。その気持ちを、無理に消さなくてもいいと思った。

好きだと思ったことと、好きだと思ってくれたことを、はる君のぶんまで、私が大切に抱きしめていこうと決める。

それで、私と森田君は、これから、を考えなければいけないのだ。

ありがとう、と、頭の中で透き通ったテノールの声が再生される。

それが森田君のものなのか、はる君のものなのか、分からなかった。分からないまま、完全に日が暮れてしまうまで、私は花壇の隅に座って、じっとしていた。

10

きみは溶けて

＊

保志さんへ

何を書けばいいのか分からないので、晩ご飯の報告をする。俺が担当で、野菜炒めと豚汁を作りました。めちゃくちゃ、うまかった。

保志さんは、何食べた？

あと、最近、俺は読書にはまってます。柄にもなく、古典的なものを読んだりしてる。はるが好きだったからな。

手紙ってこういうことであってる？

保志さんに、伝えたことは何一つ嘘ではないけど、気負わないでほしい。俺の気持ちは、へえ、ってそれくらいに思ってくれればいいから。ただ、やっぱり、少しは、考えてほしいかも。

どっちだって感じだな。

手紙って、難しいんだな。でも、今、書いていて少し楽しくなってきたかも。はるもこういう気持ちだったんだろうなと思う。

保志さん、夜になると、不安が増す。ひとりきりなんだってことに、まだ慣れない。どこにいるんだろうって、不意に考えるんだよ。寂しいのかもしれない。

でも、こうして、はるを知っている唯一の人と、はるのことを話せるのは、嬉しい。

ありがとう。

じゃあ、眠くなってきたので寝ます。それでは。おやすみ、おはよう。

森田陽

＊

それが、文通をしようと言ってから、森田君に初めてもらった手紙だった。

朝、下駄箱に二つ折りになった便箋がそのままの状態で入っていた。

ボールペンで書かれた字。筆跡はあまり丁寧ではなく、間違えたのか、ぐるぐると黒く塗りつぶされた字も途中で何度か出てくる。始まり方も、終わり方も、全て、森田君らしいと思った。

はる君の方が手紙を書くのは上手かもしれないと思ったけれど、森田君の手紙は、ジョークが挟まれていて、思わずくすりと笑えてしまう。

便箋から明るいオーラが放たれているみたいに、綴られる言葉がきらきらして見えたし、その中で、彼が弱い部分を見せてくれていることに、私はホッとしていた。

私と森田君は、一週間に二往復するほどの頻度で手紙のやりとりをしばらく続けることになった。

私たちは手紙をもって、はる君の喪失を撫でていた。優しい摩擦《まさつ》を繰り返せば、少しずつ、思い出になっていくと信じて。

教室では変わらず、少し無理をして明るくふるまう森田君がいて、大げさに楽しそうにするその横顔や声を遠く離れたところから確認する度に、彼が幸せを証明することに、これ以上呪われませんようにと祈った。

生きていくしかない。だけど、大丈夫でいたい。

私たち、大丈夫でいたいね。見せかけの大丈夫ではなく、心から大丈夫になりたい。

どうしたら、いいのだろうか。


私は、少しずつ前を向けていると思いながらも、まだ、はる君にもらった手紙を入れた引き出しは、鍵をかけたまま開けられずにいた。

花が揺れているところを見ると、ネモフィラを映していた、湖のような瞳が重なって、切なくなる。泣いていた彼を思い出して、あの時、私も涙を拭ってあげればよかったと後悔する。優しい嘘なんて見破ってしまいたかったと少しだけ思う。

今でも、はる君にもらった言葉の数々は温もりを保ったままだ。

人と話す時に怖くなったら、〝そんな簡単に、文子さんのことを、誰も嫌いにはならない〟というはる君の声を脳内で再生させる。お守りのようなものだった。

放課後、花壇へ向かう前に、森田君の下駄箱にこっそりと目を向ける。

昨日、手紙を入れたばかりなのに、今日の朝には、彼からの手紙が私の下駄箱に入っていた。まだ、内容は確認していない。

星がめぐり、季節が少しだけ傾いて、秋の半ばにさしかかろうとしている。日が暮れるのが随分と早くなり、肌寒く感じ始める時期だ。

花壇へ行って、花の枯れ具合を確認する。もう少ししたら、チューリップの苗を植える。春になれば、また綺麗な花が咲いてくれると思う。

「保志さん」

不意に名前を呼ばれて、辺りを見渡す。

だけど誰もいなくて、後ろを振り返ってみたら、「上」と声が落っこちてきた。

見上げれば、ベランダに肘をついてこちらを見ている森田君がいた。いつも一緒にいる人たちの姿はない。

誰かに見られていたら、と思いながら、おずおずと手を振ったら、森田君は察してくれたのか、「教室に、今、誰もいないから」と教えてくれる。

黄昏時だ。ベランダで物思いにふけってでもいたのだろうか。

「何してんの？」

「……花壇の、確認」

「え？　なに？　聞こえなかった」

「花壇の、確認っ、」

へぇ、とあまり興味のなさそうな相槌を打って、森田君は、ベランダの手すりから少しだけ身を乗り出すような体勢をとった。

「保志さん、俺の手紙、もう読んだ？」

「えっと、まだっ、……帰ってから、いつも見てる」

はる君の手紙は、朝一で確認してしまうことが多かったけれど、森田君からのものは、ついつい笑ってしまいそうになるから、何も気にしなくてもいい自分の部屋で読むことにしていた。

私の返事に森田君は、一瞬だけ、不満げな表情を浮かべたけれど、すぐに口角をあげて、「ちょっと、上達した気がするんだよな」と言った。

得意げな様子で、ひらひらと手を振ってくる。

振り返す前に、彼は、教室の方へ戻ってしまって、私は、森田君のいなくなったベランダを、しばらくぼんやりと見上げたままでいた。

夕焼けが、全てを包みこむように広がっている。

家に帰って、夕飯とお風呂をすませてから、手紙を鞄から取り出した。

封筒から出す手間はない。ただ、開くだけだ。いつもは一枚の便箋で終わっているのに、今日は、珍しく、三枚にも亘《わた》って言葉が綴られていた。

保志さんへ、森田君の手紙は、この言葉からいつも始まる。

読み進めていくと、ところどころ面白くて、知らぬ間にくすりと笑ってしまう。

一枚目と二枚目を読み終えて、三枚目の便箋を開く。

＊

――……前の俺なら、絶対に読まなかった本も、最近は、読むようになった。一番初めの手紙で読書にはまってるって書いた気がするんだけど、最近読んで、すごい気に入ったものがあるから、引用（言い方があってるのかは不明）させて。

たぶん、保志さんも好きだと思うよ。そんな気がする。

ちょっと季節外れだけど、夏にいるような気分で読んで。

〝あなたを夏の一日に譬《たと》えようか。

あなたはより美しく、より穏やかだ。

……

美しいものはみないつかはその美を失う

偶然や自然の衰退が美の衣装を剥《は》ぎ取る。

しかし、あなたの永遠の夏が色褪せることはない

あなたの今の美しさを失うおそれもない

……

人が呼吸しているかぎり、目が見えるかぎり

この詩は生きてあなたに永遠の命を与える。〟

シェイクスピアのソネットっていう詩集の第十八番。強い詩だなと思った。

今、ちょっと得意げな気持ちです。手紙で、詩の引用なんてするようになったから。

永遠って、怖いけど、根拠が何もないから、ずっと信じられるものだよな、と思う。

俺は、今もまだ、どうしようもなく、怖い。でもさ、保志さんに手紙を書いている時だけは色々なことが遠くへいくんだよな。

保志さんには、本当に、感謝しています。

それでは、そろそろ寝ます。

森田陽

＊

二枚目までは、身体の力を抜いて森田君からの手紙を読んでいた。

だけど、今、手にしている三枚目の便箋。森田陽、という最後の文字を目で追い終えても、閉じることができないでいる。

身体が強張っていた。それは、恐怖とか不安とかそういう類《たぐい》のものから来るものではなかった。今まで一度も見えていなかった選択肢が突然光った気がして、そのことに心の奥が震えていた。

もう一度、詩だけをなぞる。

永遠の命。呼吸しているかぎり。目が見えるかぎり。最近読んで、すごく好きだったと感じている森田君。

「……ソネットの、第十八番、」

その詩の最後のフレーズを、私、知っている。

同じ身体とほとんどの記憶を共有していた、二人。だけど、まったくの別の存在だと思っていた。

それでも、どうなのだろう。はる君が、言っていたはずだ。森田君も、はる君も、お蕎麦が好きで、恋愛映画が苦手。そういった具合で、最初は好みが同じだったけれど、考え方が違って、少しずつ変わっていった部分と、変わらなかった部分がある、と。

もう一度、森田君の手紙の三枚目だけを、最初から読む。

「前の俺なら、絶対に読まなかった本も、最近は、読むようになった」

声に出して、なぞっていく。

もしかして、と思った。

そう思ったら、いてもたってもいられなくなって、今までどうしても開けられなかった引き出しの鍵穴に、鍵を差し込んでいた。

思い出にするにはまだ全然時間が足りなくて、はる君という存在が濃すぎる場所。恐る恐る開くと、やっぱり優しいだけではない、痛みの伴う懐かしさに襲われる。だけど、今はそれどころではなかった。

眠っているたくさんの、手紙。品のいい封筒に全て入っている。

記憶を頼りに、林間学校が終わってすぐにもらったはる君からの手紙を開く。

そこには、やっぱり、シェイクスピアのソネットの第十八番の詩の最後が引用されて書かれていた。森田君とは違う言葉づかい。美しいボールペンの筆跡。だけど、森田君もはる君も、同じことを感じている。

「……僕は僕である本当に少ない時間に、昔、僕が偶然出会った、シェイクスピアのソネットの第十八番の詩を、思い出したりしています」

声が震えてしまう。

はる君の超えられなかった夏。

消滅したと思っていた。

だけど、ねえ、森田君。

もしかしたら、はる君は、本当に、消えてしまったのではないのかもしれない。

一度、引き出しを開けてしまえば、他の手紙に触れることも容易《たやす》くて、私は、無我夢中で、はる君と森田君の手紙を読み比べた。

違う字、違う丁寧さ、違う言い回し。まったく別の存在だと思っていた。最初は同じであったけれど、結局のところ、切り離された、身体と記憶だけを共有していた二人だ、と。

はる君も森田君もそういう風に言っていたから、そうだとしか思っていなかった。

だけど、たくさんあるのだ。同じ考え方、世界の見方。

どうして、今まで、気づかなかったのだろう。二人の違う価値観しか見つめてこなかった。だけど、固まっていた先入観を解いてしまえば、手紙のいたる箇所で二人の共通部分が見つかった。

「っ、森田、君、」

——もしかしたら、大丈夫に、なれるかもしれない。

はる君からもらったたくさんの手紙をもう一度、封筒にしまい直して、引き出しに入れる。もう、鍵はかけなかった。

なぜか、息が切れていた。深呼吸をしてから、もう一度、森田君の手紙を見る。前のあなたなら絶対に触れなかったものに、最近触れようと思ったということ。それが、意味すること。

この世界には、無数の解釈の仕方がある。

私たち、自分に都合のいい優しい解釈に、時々は、救われてもいいんじゃないだろうか。そうやって、生きてもいいって、今思っている。

結局、はる君は森田君の一部で、森田君ははる君の一部なのだ。いなくなってなんかない。違うんだ。やっぱり、二人は一人なんだ。もともと一人きりだったものが、一度二人になって、また、一人に戻ったんだ。

伝えたい、と思った。

大丈夫だ、と。それ以外のことも、伝えたい、と強く思った。

心が、ずっと、震えていた。

手紙を読み比べていたからか、いつの間にか随分と時間が経っていた。二十二時を過ぎている。だけど、できるだけ早く伝えたいと思って、スマートフォンを手に取る。森田君とのメッセージの画面を開いて、〈明日、少し早めに学校に来てくれませんか？　生徒玄関で待ってます〉と、文字を打った。

勇気は萎まないうちに、ものにしなければならない。はる君から学んだことだ。

打った勢いのまま送信したら、すぐに既読がついて、〈了解〉とだけ、返信が来た。

ベッドに横になって、もう一度、深呼吸をする。手放せずに撫で続けていた喪失感を、もう一度、自分の心の大切な部分に手繰《たぐ》り寄せる。そして、瞼を閉じた。

控えめなうす暗い表情、猫背の後ろ姿、ふ、と穏やかに笑う音。

消えてなんてなかったんだ。ただ、あるべき場所に辿り着いて、眠っただけだ。

永遠の夏は、ずっと、森田君の胸の中に、あったんだ。

次の日、朝日が昇る前に目が覚めてしまった。

家族団らんの朝食の時間もパスして、学校へ向かう。朝の新品の空気に満たされながら、私は歩いた。

学校へ着くと、まだ誰も来ていないようで、校舎はしんとしていた。森田君の姿もない。

生徒玄関には、朝の光が差し込んでいる。その眩しさも、今は私の味方をしてくれているみたいに思えて、昨夜、むくりと湧き出た勇気を萎ませることなく、私は、ただ森田君が来るのを待っていた。


何を言おう。どんなふうに伝えよう。

怖くないわけじゃない。ずっと、怖いものは怖い。

人を傷つけて、取り返しのつかないような言葉を投げた過去。それは消えない。

だけど、だからこそ、大切にできる。

言葉は傷つけるだけじゃないって、私、はる君に、教えてもらった。

伝えたい。だから、はやく、来てほしい。

そう思いながら、しばらく、下駄箱に背を預けたままでいたら、生徒玄関の向こうから、こつこつ、と靴の音が近づいてきた。話し声はしない。

音の方へ、ゆっくりと顔を向ける。それとほとんど同時に、「おはよ」と、朝だからか少し掠れたテノールが鼓膜に届いた。

待っていた人が、私の目の前に立つ。

向かい合って、数秒、朝の光の中で見つめ合う。伝えたい、という気持ちが膨らんでいく。届けたい言葉が、たくさん溢れてくる。

　私は、そっと、口を開いた。

「……森田君。私、分かったの」

「なにが？」

「はる君は、ここにいるよ。森田君、林間学校の時、言ってたよね。はる君がいなくなって、そこが真っ暗闇になるのが怖いって。今も、怖がってるよね。でも、違うと思う。いなくなんて、ならないよ」

「………」

「溶けたんだと思うの。森田君に混ざったの。一つに、なったんだよ。私は、森田君じゃないから、森田君がどう感じているのか分からない。でもね、似てるんだよ。森田君とはる君、手紙でおんなじこと言うの。たくさん、似ている部分があった。それで、思ったんだ。たぶん、ずっと、支え合っていたんだよ。昼も、夜も。明るさに焦がされないように、暗がりに閉じこもらないように、頑張って、やってきたんだよ。それは、たぶん、これからも変わらなくて。森田君は、ずっと、森田君だけど、そこに、ようやく、はる君は溶けこむことができたんだと思う」

　一歩、森田君に近づく。眩しい朝の光に照らされている。

　息を吸い込んで、もう一度、森田君、と名前を呼ぶ。

「やっぱり、思うよ。森田君はね、無理に笑わなくていい。笑いたかったら、笑ってもいい。私、ずっと、羨ましいって思ってた。クラスの中心にいて、なんにも不自由がないように見えていたから。だけど、今は、そんな風に全然、思ってない。証明なんて、やっぱり、しなくていいと思う。森田君には幸せになってほしい。だけど、幸せになるために無理をしなくてもいいと思う。光の中だけに、幸福があるわけじゃないから、疲れたら、疲れたって顔、していいと思う。もっと、自由に、幸せにも不幸にもなって」

「……うん」

「私、森田君にもはる君にも言いたい」

溢れてくる。怖いけど、それ以上に、今、すごく、言いたい。

「どちらも大切なあなたで、私、まるごと、好きになりたい。大切に、したい。好きになってくれて、嬉しかった。まだ、森田君のことを好きかどうかは分からないけど、まるごと、好きになりたいって、思ってる」

私は、泣きそうになっていた。

嬉しかった。言葉に、できている。伝えたくて、昨日から、ただ、たくさん伝えたくて仕方がなかった。

傷つけてしまうかもしれない。いつだって、言葉にはそういう可能性がある。

でも、救っていたい。大切だと思った人には、届けていたい。

沈黙は、自分を守るためではなく、誰かを守るためにあるべきで、逃げ場所には、もうしない。伝えないよりは、伝えた方が、いい。

自分の言葉で傷つけて、誰かの言葉で救ってもらえて、ようやく分かった。

言葉にするって、素敵なことだ。朝の光みたいに、輝く時が、たくさんある。

目の前で驚いたような表情を浮かべている森田君の輪郭が、少しあやふやになる。

だけど、見つめていたかった。

「きっと、大丈夫になれるよ、森田君」

恐る恐る手を伸ばして、彼の胸に、とん、と人差し指の先をつける。触れたまま、口を開く。

「はる君は、ここにいる」

だから、一緒に、大丈夫に、なろう。

そういう気持ちで笑ったら、森田君は瞬きを落として、ゆっくりと頷いた。

「保志さん」

「う、ん」

「俺、きっと、大丈夫に、なれる」

「うん」

「……はるは、溶けて、ここにいる」

「う、ん」

「信じてみようって、思うよ」

そう言って、森田君は、穏やかに口角をあげた。

それは、光に満ちたような微笑みだった。なんとなく、森田君と、森田君に混ざったはる君の、二人の笑顔であるような気がして、嬉しくなった。

朝の白い光の粒子が、静かに降っている。

その中で、私たちは、しばらく見つめ合っていた。

番外編　きみが溶けたあとのこと

＊

ふみへ

お元気ですか。

久しぶりの手紙になってしまいました。

学校ではいつも会っているのに、手紙だと、元気かどうか尋ねたくなるのは、どうしてだろうな。

突然ですが、俺の最近の得意料理は、チンジャオロースです。父親にも好評で、飽きるまで作ってやろうと思っている。簡単なレシピを見つけてから、はまってます。

ちょっと気になったんだけど、ふみって料理はする？

もし好きだったら、おすすめのレシピなど教えてください。実は、苦手だったりしてな。

うそ。からかうために手紙を書いたわけではないのです。

そろそろ夏がくるから、一緒に、ひまわりでも見に行きませんか。

隣街に、きれいに咲く場所があるから。ふみも知っている気がしますが。

ご検討のほどよろしくお願いいたします。（手紙らしく、あえてかしこまっておいた）

返事、待ってる。

陽

＊

森田君が、私のことを〝ふみ〟とくだけた名前で呼ぶようになって、私が、彼のことを〝陽君〟と下の名前で呼ぶようになったのは、つい最近のことだった。

私たちは、高校三年生になった。学年は一つ上がったけれど、クラス替えは行われなかったから、教室の雰囲気にあまり変化はなかった。

みんながいる教室で話すことは、いまだにほとんどない。私たちの間にあるものは、他の人にはなるべくばれないようにしたいと思っていた。

私は相変わらず臆病で、人の目を過剰に気にする性格は、そう簡単には直ってくれない。

それでも、森田君――陽君とは、花壇のところでこっそり二人で会うようになった。

昼休みに、私が水やりをしていると花壇まできてくれて、私たちの教室のベランダからは見えないところに座って話をしてくれる。放課後も、陽君は中庭に隣接した誰もいない教室で、私は花壇のところで、窓を挟んで一緒に過ごすことがある。

手紙のやりとりも、頻度こそ落ちたものの、いまだに続けていた。

久美ちゃんには、恋愛の話になった時に、気になる人として陽君の名前を思い切って伝えてあった。言ったそばから、「ここにきて、誰も好きにならない人をどうして」と憐《あわ》れまれて、少し困ってしまったけれど。「そんなことないと思うよ」と、同情をやんわり躱《かわ》すだけに留めておいた。

前よりも心の距離を近づけることができたからといって、包み隠さず全てを伝えるつもりはないし、する必要もないと今は思っている。それでも、嘘を吐かないでいられるのは良かった。

教室で目が合うと、陽君はこっそり笑ってくれる。

秘密の目配せをしているみたいで、どきどきしてしまいながらも、余裕がある時は、私も笑い返した。だけど、そうできない時でも、傷つけていたらと過剰に思わずにいられるようになった。

久しぶりに下駄箱に入っていた陽君からの手紙は、家に帰ってから読んだ。

ひまわり畑。

その言葉で、私は、思い出す。自分を陽君だと偽ったはる君と、二人で向日葵を見たことを。

もう一年くらいが経とうとしている。

思うことよりも、思い出すことの方が、はるかに多くなった。

はる君が、陽君に混ざって、陽君と一つになったのだと思っていても、はる君と接していた過去は、確かにあったものだから、今も、さみしさが一切ないわけではない。

だけど、それ以上に、かけがえのない過去として自分の中に存在している。

過去に起きたことは、なくならない。良いことも悪いことも、ただ、形を変えるだけだ。

過ぎ去った数々の出来事は、自分次第で、優しいものにも美しいものにもできる。

記憶のかたちが変わった結果、自分の中にあるのに掴めなくなっていくこともある。

忘れていくのだとしても、かまわないと思っていた。忘れることで、思い出すことができるから。

＊

陽様
お元気ですか。
私も、陽君の真似をして、元気かどうか、聞いてみたくなりました。

これを読んでいる時、陽君が元気だったらいいなあと願います。少し前に、クラスでも風邪がはやっていましたが、陽君は体調を崩していませんか。

チンジャオロース、いいですね。漢字だと、青椒肉絲になるみたいです。中華料理は、かっこいい名前が多くて、私も大人になったあとのことを考えると、上手に作れたらとは思うのですが、料理はあまり得意ではないです。

陽君に見抜かれていたと思うと、少し恥ずかしいです。

ひまわり畑、誘ってくれてありがとう。陽君といけたらいいなと思います。

それから、手紙じゃなくて本当は口で言うべきなのかもしれないけれど、この機会に陽君に伝えたいことがあります。

いつも学校で、なかなか堂々と陽君と話せなくて、うんざりさせてしまっているかもしれませんが、それでもお話してくれてありがとう。

ごめんね。でも、嬉しいです。

保志文子

＊

隣町には、陽君と一緒にバスに乗って行くことになった。

学校以外で会うようなことは、ほとんどなくて、会ってしばらくはそわそわしてしまったけれど、陽君がいつものように接してくれたから、次第に緊張はほぐれていった。

学校の外だからといって、人目が全く気にならないと言えば嘘になる。

陽君の薄暗い部分を、私はもう知っているつもりだけど、ふとした時に眩しく感じて、私みたいな人が一緒にいていいのかな、と、不安になることは今でもあった。

「ふみ」

バスの後部座席。隣の席に座っている陽君に、不意に名前を呼ばれる。

「……うん？」

ふみ、と呼ばれることには、まだ全然慣れていない。自分が陽君と呼ぶ時も、緊張してしまう。

でも、いつか、慣れることができたらいいなと思っていた。慣れるくらいに呼び合うことができたら、と、今はこっそり願っている。

「バス酔いとか、大丈夫？　乗る前に聞けって感じだけど」

「長い時間乗るわけじゃないし、大丈夫だよ。……陽君は？」

「俺も平気。あと、さっきから思ってたけど、眠そうだな？」

「ちょっと眠いかも。夜、あんまり眠れなくて。……今日ね、楽しみ、だったから」

そう言ったら、陽君は、「なんかさ、ふみ、前よりも色々言ってくれるようになったよな」と嬉しそうに相好を崩した。努力してそうしているわけではなかったけれど、確かに、陽君に遠慮するような気持ちは、徐々に小さくなってきている。

そうかな、と首を傾げたら、陽君が、浅く頷く。

がたん、とバスの車内が揺れる。車窓からは、眩しい昼の光が差し込んでいた。

「びくびくしていることも、少なくなった気がする」

「気のせいじゃないかな?」

「いや、本当に」

「……でも、陽君にそう見えているなら、よかった」

「うん」

「陽君は、思い思いにいる?……無理に笑ってないかなあって、時々は、心配になる」

「いやな気分の時は、かなりむすっとしてる。俺、不機嫌でいるの、絶対うまくなったからな」

不機嫌に、上手だとか下手だとかあるのだろうか。

陽君があまりにも真剣な顔で言うものだから、おかしくて、私はくすくす笑ってしまった。

一年ほど前に、はる君と向日葵畑に訪れた時は、雨が降っていた。今日は、空には雲一つなく、見渡す限りの青空だ。

向日葵畑にたどり着き、隣を窺う。

陽君の瞳には一面の向日葵が映っていて、懐かしいなと思った。

「……私が、前にひまわりを見た時は、雨が降ってたの」

「ふぅん」

「でも、今日は、晴れてよかった」

「なんかさ、ここ、懐かしい感じがする」

「……私も、同じ」

「はるが、好きそうな場所だ」

「うん。好きだと思うよ」

立派に咲き誇るたくさんの向日葵を並んで見つめながら、私と陽君は、はる君の話をした。

ひとりに戻った身体でも、陽君は、時々、はる君を自分から切り離して語る。

はる君のことは、世界で私と陽君だけが言葉にできることで、はる君についての話をすることを、私たちは避けようとはせずに、ここまでやってきた。

きっと、これからもそうやって生きていくのだと思う。

「おーい、みてるか？　綺麗だろ」

陽君が、自分の胸のところを、とん、と軽く叩いて言う。その横顔はさっぱりとしていて、私は嬉しくなった。

「はる君は、胸のところにずっといるのかな」

「どうなんだろうな。もしかしたら、足の先に溜まってるかも」

「ええ」

「おーい、ちゃんとみてるんだろうな？」

陽君は、そう言ったかと思ったら、自分の右足を浮かせて、向日葵畑の方へ近づけた。

彼のユーモアに耐えきれず、私は声を出して笑ってしまう。

はる君。

あなたがいたことを、あなたが陽君に溶けていったことを、私たちは今も悲しい事にしないで生きられています。今日は、晴れてよかったね。雨の日の向日葵も綺麗だったけれど、晴れの日の向日葵は、格別だよ。お元気ですか。お元気ですか。

「お元気ですか」

気がつけば、言葉にしていた。そうしたら、陽君が、向日葵畑から私の方に顔を向けて、静かに笑みを浮かべた。

「元気だよ」

穏やかな表情だった。

初夏の風が頬を撫でる。泣きたいくらいの心地よさを、全身で感じる。

「ふみは、お元気ですか」

「うん」

「大丈夫でいる？」

「うん。大丈夫でいる。陽君は？」

「俺も、大丈夫」

よかった、と頷いたら、陽君も頷き返してくれる。

これからも、陽君と一緒に大丈夫でいることができたら、と、私は思った。


しばらく、私たちは、黙ったまま向日葵を眺めていた。

だけど、途中で何を思ったのか、おもむろに、陽君が私の方に手を差し出してきた。

意図が全く読めず、隣の彼を見上げる。陽君は、私に手を差し出したまま、彼にしては珍しく言いづらそうな様子で口を開いた。

「手、つなぎませんか。誰もいないし」

「……手」

「俺は、ふみとつないでみたい」

私と陽君は、付き合っているわけではなかった。

以前、陽君は、私のことが好きだと言ってくれたし、私も、彼にまるごと好きになりたいと伝えたことがある。それがなかったことにはなっていないはずだけど、だからといって、好きだから、付き合うかどうかという話にはなっていない。いまだに、私と陽君の関係性に名前はないし、この先、どうなるのかも、分からない。

だけど、今、私も、陽君と手をつないでみたいと思った。

照れ臭さを感じながらも、差し出された手に自分の手をそっと重ねる。

「……お元気ですか」

触れ合った手に尋ねてみると、陽君は「元気だけど、ちょっと緊張してる」と答えてくれた。

はる君。

心の中で、呼びかける。

あなたの名前を呼びながら、陽君を感じている。

あなたは、溶け込んだ先で、元気でやっている。最近は、不機嫌でいるのも上手になったんだよね。私と陽君は、今のところ、大丈夫だ。

大丈夫でいることが、できている。

陽君に、「私もね、緊張してる」と控えめに笑い返す。

彼の手の温もりに、少し遅れて、胸が高鳴った。向日葵畑の光に包まれながら、私は、そのときめきにしばらく身を委ねることにした。

あとがき

作者の青山永子《あおやまえいこ》です。
この度は、「きみは溶けて、ここにいて」をお手にとってくださり、本当にありがとうございます。

本作は、二〇二二年の夏に単行本として刊行した「きみは溶けて、ここにいて」の新装版でございます。担当の編集者さんから文庫化のお話をいただいたときは、文子や陽、それからはると再び向き合うことに、一抹の不安を覚えたものの、それ以上に、とてもありがたかったです。

文庫化にあたり、番外編を書き下ろしました。大切な人に宛てる手紙で、お元気ですか、と問うことは、小さな愛のひとつなのかもしれないと思いつつ。文子と陽のその後を書くことができて、本当によかったです。そちらも併せて楽しんでいただけておりますと、幸いです。

改稿作業を行う中で、文子とはるが初めて会った日に訪れた場所が、ネモフィラ畑であることの意味を思い出しました。ネモフィラの花言葉のひとつに、「あなたを許す」というものがあります。自分をだめな存在だと感じている文子とはるですが、互いに許し合えたらいいな、という願いをこめました。

どんな過去をもつ人にも、許し合える相手や一緒に大丈夫になれる相手がいたらいいなと思っています。私たちは互いに傷つけ合うことができてしまう生き物だけど、だからこそ、救い合うことだってできるはずだと信じています。

読んでくださった方の心に、何か少しでも残るものがありましたら、幸いです。

どうか、喜怒哀楽のすべてを大切に。

また、別の作品でもお会いできることを願っています。

二〇二四年　十二月二十八日　青山永子

この物語はフィクションです。実在の人物、団体等とは一切関係がありません。

本作は二〇二二年七月に小社・単行本『きみは溶けて、ここにいて』として刊行されたものに、一部加筆・修正したものです。

青山永子先生へのファンレターのあて先
〒104-0031　東京都中央区京橋1-3-1　八重洲口大栄ビル7F
スターツ出版（株）書籍編集部 気付
青山永子先生

きみは溶けて、ここにいて

2024年12月28日　初版第１刷発行

著　者　　青山永子　©Eiko Aoyama 2024

発 行 人　　菊地修一
デザイン　　フォーマット　西村弘美
　　　　　　カバー　齋藤知恵子
発 行 所　　スターツ出版株式会社
　　　　　　〒104-0031
　　　　　　東京都中央区京橋1-3-1　八重洲口大栄ビル7F
　　　　　　TEL　03-6202-0386（出版マーケティンググループ）
　　　　　　TEL　050-5538-5679（書店様向けご注文専用ダイヤル）
　　　　　　URL　https://starts-pub.jp/
印 刷 所　　大日本印刷株式会社

Printed in Japan

ISBN　978-4-8137-1681-5　C0193

キャラクター文庫初のBLレーベル

BeLuck文庫

創刊！

創刊ラインナップはこちら

『フミヤ先輩と、
好きバレ済みの僕。』
ISBN：978-4-8137-1677-8
定価：792円（本体720円＋税）

『修学旅行で仲良くない
グループに入りました』
ISBN:978-4-8137-1678-5
定価：792円（本体720円＋税）

隔月20日発売！※偶数月に発売予定